OS
LUGARES
SEM
RESPOSTA

Copyright do texto ©2012 Joel Neto
O autor é representado pela agência literária Bookoffice
(http://bookoffice.booktailors.com/)
Copyright da edição original ©2012 Porto Editora
Copyright da edição brasileira ©2016 Escrituras Editora

Todos os direitos desta edição reservados à
Escrituras Editora e Distribuidora de Livros Ltda.
Rua Maestro Callia, 123 – Vila Mariana – São Paulo – SP – 04012-100
Tel.: (11) 5904-4499 / Fax: (11) 5904-4495
escrituras@escrituras.com.br
www.escrituras.com.br

Criadores da Coleção Ponte Velha
António Osório (Portugal) e Carlos Nejar (Brasil)

Diretor editorial: Raimundo Gadelha
Coordenação editorial: Mariana Cardoso
Assistente editorial: Karen Suguira
Capa, projeto gráfico e diagramação: Vagner de Souza
Impressão: Forma Certa

Dados Internacionais de Catalogação na Publicação (CIP)
(Câmara Brasileira do Livro, SP, Brasil)

Neto, Joel, 1974 –
   Os lugares sem resposta / Joel Neto. –
São Paulo: Escrituras Editora, 2016   – (Coleção
Ponte Velha)

   ISBN 978-85-7531-726-6

   1. Romance 2. Romance português I. Título.
II. Série.

17-01320   CDD-869.3

Índices para catálogo sistemático:
1. Romances: Literatura portuguesa   869.3

Edição apoiada pela Direção-Geral do Livro,
dos Arquivos e das Bibliotecas/ Portugal

Impresso no Brasil
Printed in Brazil   Obra escrita em português de Portugal

Joel Neto

OS LUGARES SEM RESPOSTA

São Paulo, 2016

*Para o meu pai,
Manuel.*

"O que tentam dizer as árvores
no seu silêncio lento e nos seus vagos rumores,
o sentido que têm no lugar onde estão,
a reverência, a ressonância, a transparência
e os acentos claros e sombrios de uma frase aérea.
[…] Não sei se é o ar se é o sangue que brota dos seus ramos."

António Ramos Rosa

Sumário

Apresentação 11

Primeira Parte 13

Segunda Parte 37

Terceira Parte 73

Quarta Parte 109

Quinta Parte 151

Sexta Parte 199

Apresentação

Mudei de clube num dia de novembro. O sol jorrava sobre Lisboa, que o recebia com um misto de gratidão e rancor – e, no entanto, nem o mês em curso, nem as condições meteorológicas vigentes, extraordinárias mas não inéditas, tiveram o que quer que fosse a ver com a minha decisão.

O que aconteceu, no essencial, foi o que sempre acontecia às segundas-feiras: estávamos os três, eu, Pedro e Alberto, prolongando o almoço muito para lá do devido sob o sol tardio de um daqueles outonos ferventes após os quais só podia vir chuva, muita chuva, muito mais chuva do que era suposto um Deus misericordioso derramar sobre as suas criaturas – e, naturalmente, falávamos de futebol. Até que, ao concluir outra das suas habituais dissertações sobre as origens de nova e inexorável série de derrotas do Sporting, a fé que nos unia e nos puxava para baixo e nos tornava a unir lá no fundo, Alberto ergueu o terceiro uísque:

— Que se lixe. Um homem muda de mulher, muda de partido, muda de religião, muda de tudo aquilo que quiser, até de sexo, mas de clube é que não muda nunca. Portanto, viva o Sporting!

E eu, como se não pudesse evitá-lo, dei por mim de repente:

— Mas não muda por quê?

E logo a seguir, incapaz de conter-me ainda:

— Uma merda, é que não muda... Pois escreve aí direitinho, que é para depois não te esqueceres: eu agora sou do Benfica.

Dei por mim a dizê-lo e, ainda por cima, a gostar de ouvir-me dizê-lo:

— Aí tens. Sou do Benfica. Mudei para o Benfica. Mudei para o Benfica e agora quero é que o Sporting vá morrer longe.

Primeira Parte

A minha paixão pelo futebol nascera e desenvolvera-se quase trinta anos antes, primeiro sobre as bancadas úmidas de um campo de jogos de província, com piso em terra batida e carros estacionados junto à linha de cabeceira, e depois em frente a uma baliza a que os mais velhos insistiam em chamar portão do caminho, mas que para nós permaneceu uma baliza, uma óbvia e milagrosa baliza de futebol, até muito depois de ser já claro que efetivamente se tratava de um portão – apenas do portão de madeira, pintado de um verde quase fluorescente, que separava o patamar inferior do quintal de Maria Carminda da estrada, à qual continuáramos a chamar caminho mesmo depois da chegada do asfalto, e que todos os dias, sem exceção, transformávamos em grande área.

São Bartolomeu era então pouco menos do que é agora: quatro ou cinco centenas de casas brancas, modestas e com barras coloridas, alinhadas ao longo de uma via principal e quatro ou cinco afluentes. Angra do Heroísmo, a menos de uma dezena de quilômetros para leste, com os seus solares e as suas igrejas e as suas duas baías, separadas pelo venturoso promontório natural a que se dera o nome de Monte Brasil, servia-nos de Nova Iorque, uma buliçosa e festiva Nova Iorque de bolso – e Lisboa, do outro lado do mar, a duas horas de avião por entre ventanias e *cumulus nimbus* e turbulências várias, pouco menos do que a Lua, uma superfície encantada que, aliás, apenas um ou outro jogador, por de mais generoso

15

ao presentear-nos com a sua presença ali, em frente ao portão verde, havia pisado.

Ao final da tarde, reuníamo-nos todos defronte daquela baliza, eu, o meu irmão e quem mais se nos quisesse juntar, apesar da ausência de trave, da aspereza do alcatrão, que arruinava até as calças mais resistentes e nos obrigava a andar a semana inteira com joelheiras de napa pregadas sobre o *terylene*, e das muitas vezes que, toscos ainda, tínhamos de ir recuperar a bola a uma horta de tomateiros, dentro do curral de porco de um vizinho ou aos araçaleiros de Chico escanchado, um velho ruim e sem sentido de humor, que morava do lado oposto da estrada e há anos jurara esfaquear o primeiro esférico que apanhasse no quintal.

E então ali ficávamos durante horas, pontapeando e defendendo, fintando e assistindo, recebendo e passando de calcanhar, desviando-nos dos carros que irrompiam de meia em meia hora, todos eles já instruídos sobre a nossa presença em frente à baliza, e de novo recebendo, dominando e assistindo para um remate à meia-volta, em vôlei, de bicicleta. Tínhamos os corpos almofadados das crianças – e lá em cima, à varanda, sob o plátano onde nas férias grandes prendíamos baloiços e cordas, como se fossem cipós, o sorriso de Maria Carminda, a líder do matriarcado em que gostávamos de viver, a avó extremosa e a mãe onipresente, enchia-nos de ousadia e de segurança.

Depois, e durante muitos anos, o futebol foi o tema de conversa que nos restou, a mim e ao meu pai, reduzidos à mesma falta de assunto que leva os pais e os filhos americanos a refugiarem-se no basebol, os pais e os filhos paquistaneses a resumirem-se ao críquete e os pais e os filhos indonésios, supus eu mais tarde, na minha ausência de mundo e na minha absoluta ignorância de que, afinal, também do outro lado do planeta os pais e os filhos estavam tão reduzidos ao futebol como nós, a recorrerem à luta de galos.

Tornei-me do Sporting por causa dele, o meu pai – e não foi sem alguma dor que me mantive fiel a essa identidade durante todos os dias da minha vida até àquela tarde lisboeta em que me ouvi a mim próprio proclamar-me benfiquista. Na infância, era "o diferente" – e, quando me cabia a mim ocupar-me da baliza, era certo e sabido que os remates iam ser à biqueirada. Na adolescência, era aquele que tinha "a mania" que era diferente, o que vinha a verificar-se pior ainda – e não raras vezes, quando o Sporting voltava a perder e não me restava senão a retórica da superioridade moral para enfrentar os debates públicos de segunda-feira de manhã, a que me entregava com uma paixão proporcional à desvantagem numérica, regressava a casa com os lábios rebentados ao murro.

A ruralidade nunca se dispensou das suas crueldades, sobretudo em tempo de paz. E a Terceira, para todos os efeitos que então importavam, era território do Benfica.

E, todavia, mantivemos o nosso ritual até muito tarde, eu e o meu pai – até depois, inclusive, de eu já viver em Lisboa, assistir aos jogos ao vivo e, aliás, trazer no bolso um cartão de sócio do Sporting, que a dado momento passara a guardar no primeiro separador da carteira, onde os heróis usam o distintivo e os mortais, à falta de melhor, enfiam o passe social. Todos os sábados à noite, vivendo eu ainda na ilha ou estando lá de férias, já adulto, nos púnhamos ambos em frente ao televisor, na cozinha fria de São Bartolomeu, os dois com um cachecol verde e branco ao pescoço, os dois engolindo malgas de pipocas com a avidez de quem rói as unhas, os dois correndo para a enorme bandeira leonina pendurada a um canto quando, por absurdo, um dos nossos marcava gol. E, quando nos abraçávamos, era como se realmente estivéssemos em Lisboa, em pleno Campo Grande, nas próprias bancadas do estádio José de Alvalade, fundidos naquela multidão que celebrava, também ela, o tímido raio de sol que a iludia.

Habituados a perder, restou-nos amar o fracasso, o que tinha o seu mistério. Entretanto, tornáramo-nos como que portadores de uma mensagem, quase profetas – e, embora mais tarde o convívio do estádio viesse a sugerir-me que talvez nada disso passasse de uma treta, pouco mais do que uma desesperada manobra de sugestão destinada a aplacar uma fatalidade de infância que, ao fim e ao cabo, não nos ocorrera apenas a nós mas a muitos portugueses, centenas de milhar de portugueses, milhões de portugueses e de lusófonos e de curiosos dispersos pelos quatro cantos do planeta, assim continuamos a considerar-nos os dois, entre os dois, pelos dois: mensageiros.

Foi ao longo desse período que, à semelhança do que já antes começara a acontecer com as mulheres – a não ser talvez Maria Carminda, a nossa diva comum –, e sem que qualquer um dos três conseguisse fazer o que quer que fosse para contrariá-lo, o meu irmão se foi deixando perder de vista. Mas isso era matéria com a qual nenhum de nós imaginava ainda que teria um dia de lidar.

O meu pai ligou-me esta manhã – e estava falador. Apesar de tudo, persiste naquela figura esguia e atlética, exalando silêncio e honestidade férrea por todos os poros, algo que continua para mim um enigma. Tem variações de humor profundas, o meu pai. Isso percebi-o logo na infância: tem variações de humor profundas e, como se isso não bastasse, não há um padrão para elas. Por outro lado, o tempo e a aposentação tornaram-no mais soturno, talvez mais triste, embora qualquer exceção a essa tristeza, ao longo da vida, não tenha porventura passado de desatenção da minha parte. Há agora muito barulho à volta dele: netos, paradoxos familiares, toda a interminável lista de convenções de que a ordem em vigor sempre se socorre para mitigar a inconsequência – e nunca, desde que o mundo é mundo e nós a espécie encarregada de emprestar-lhe uma intriga, um homem de caráter severo, ao mesmo tempo íntegro e carente, conseguiu evitar que tais circunstâncias lhe agravassem a solidão.

Às vezes ligo lá para casa e quase nem me atende. Falo bastante tempo com a minha mãe, sobre tudo e sobre nada – e, quando a conversa começa a derrapar, chamo-o ao telefone, para o qual entretanto ele acaba por não conseguir debitar mais do que monossílabos, "Sim" e "Não" e "Pois" e "É assim a vida", como se estivesse mais afundado ainda na sua melancolia, ou talvez apenas a castigar-me, mesmo que sem consciência, por ter-me posto a salvo daquilo tudo. Outras vezes, até certo ponto luminosas, fala pelos cotovelos, disto e daquilo, de uma doença que anda a matar os coelhos bravos e de uma infiltração qualquer que ele precisa de resolver lá em casa, do meu trabalho e até de um amigo a quem falou de mim e que se mostrou bem impressionado com a minha história, para sua comedida mas inegável satisfação.

De um modo geral, são esses os telefonemas que me preocupam mais.

Hoje foi um dia assim. Perguntou-me:

— E as coisas lá na empresa, que tal?

Dissertei o que pude, mas se calhar menos do que o desejável. Ambos o sabemos agora há muito tempo: vender seguros, e por muito que de início me tenha entusiasmado a ideia de ter um emprego a sério, uma vaga independência financeira e uma determinada margem de progressão hierárquica, tão mais considerável quanto me encontrava rodeado de retardados mentais, está muito longe de constituir, para mim, a concretização de um sonho de infância. De início, e ao aperceber-se disso apesar dos meus esforços em contrário, ele não deixou de censurar-me: "Há coisas na vida que um homem tem de fazer." Com o passar dos anos, porém, foi baixando a guarda, talvez por ter reconhecido que, mesmo não o parecendo, eu estava a fazer essas coisas que um homem tem de fazer, embora muito mais provavelmente por considerar a demanda em qualquer caso perdida.

— E o carro, sempre te adaptaste àquilo das mudanças automáticas? — voltou.

E depois:

— Como é que vai o tempo por aí?

E depois ainda:

— Quando é que dás cá um salto?

E, enfim, quando não lhe restava mais nada:

— E o que é que dizes do Sporting?

Nisto, nenhuma das nossas conversas divergia: animadas ou monocórdicas, da iniciativa dele ou apenas depois de a minha mãe lhe ter imposto o auscultador do telefone, acabavam todas com uma certa dose de debate sobre o estado do Sporting, as suas magras glórias, os desafios que o esperavam nas semanas seguintes e, sobretudo, verbalizado ou não, o caminho furioso que ele continuava a empreender em direção a algo novo, revolucionário, e que muito em breve nos permitiria não só dominar o panorama futebolístico nacional como – era mais do que garantido – pintar a Europa de verde e branco.

Respondi-lhe apenas:

— Vamos a ver, vamos a ver. Aquele miúdo argentino dá uns toques…

E ele:

— Ah, pois dá. E de que maneira.

Faltou-me a coragem, mais uma vez, para dedicar-me com ele ao escrutínio do meu crime. O fato é que, a dado momento da vida, eu apostatei. Há agora quase um ano que me devotei a um metódico processo de conversão ao Benfica – e em cada etapa dessa procura dei por mim a pôr o mesmo zelo e o mesmo sobressalto que um cristão-novo poria na aprendizagem do pai-nosso.

O meu primeiro jogo como adepto benfiquista foi um Benfica-Belenenses, a contar para a taça de Portugal. Haviam passado já quase três semanas desde que eu decidira mudar de clube – e o fato de ter escolhido começar por uma partida da taça de Portugal, competição em que cada jogo levava à eliminação definitiva de uma das equipes em campo, ainda me deixou temeroso de estar à procura do mesmo abismo que sempre encontrara no Sporting, para o qual uma derrota era o fim de tudo e cada vitória apenas a garantia do direito a disputar o jogo seguinte, onde de novo se podia, com a maior das facilidades, descer de vez ao Inferno.

No último instante, contudo, obriguei-me a recordar as palavras de Alberto: "Vais ver o Benfica? Mas isso é mesmo a sério, pá?! Foda-se, tu estás é parvo, é o que é..." – e dali a pouco já estava a desembarcar na estação de metrô junto ao estádio da luz, rodeado de motivos encarnados. Também entre os benfiquistas havia cachecóis e camisas, também entre os benfiquistas havia bandeiras para empunhar no momento do gol – e a diferença entre esses cachecóis e os do Sporting, entre essas bandeiras e as empunhadas pelos sportinguistas, entre esse frenesi e aquele em que eu mergulhava com o meu pai, na cozinha fria de São Bartolomeu, se por acaso a Providência se lembrava de nós, não ficara logo de início clara para mim.

O jogo foi o menos. Entediado pela debilidade adversária, com dois terços da equipe em gestão de esforço e a totalidade do meio-campo de volta de um losango demasiado estático para permitir uma adequada basculação ofensiva, como os comentadores oficiais haveriam de explicar no dia seguinte, o Benfica pareceu sempre um tanto na expectativa de que a partida cumprisse o seu destino natural, evitando o choque, dando por perdidas bolas mais do que recuperáveis e reduzindo ao essencial as descidas à linha de fundo, que para ambos os médios-ala se mostrava sempre um lugar longe demais. Houve um instante em que o público se zangou, pedindo a inclusão do ponta-de-lança habitual, um uruguaio meio desengonçado que o treinador decidira deixar no banco de suplentes, em modo de poupança de energia. Mas, bem vistas as coisas, a fúria nunca foi contra o treinador ou o atacante que estava em campo, um negro elegante que em menos de meia hora já tinha caído umas oito vezes em impedimento, mas contra o árbitro que parecia ter embirrado com ele e lhe anulava cada investida com nova deslocação.

De repente, o tipo à minha direita na bancada, um homenzinho enfezado que parecia ter caído do ninho e sobrevivido a custo, chegou a cabeça à minha e suspirou, com um tão estupendo mau hálito que de imediato se tornou a minha mais forte impressão de todo o dia:

— Ou marcam depressa ou vou-me embora. Não tenho coração para isto.

Olhei para ele, atônito:

— Mas, se não marcam, há prolongamento, e depois talvez até pênaltis. Vai perder o melhor de tudo…

E ele:

— Não gosto de pênaltis. Aquilo é uma lotaria.

Senti-me tentado a explicar-lhe: "Mas lotaria, como? Em nenhum outro caso o jogo termina com tal apoteose como nos pênaltis. Em nenhuma outra circunstância o futebol se reduz tanto a um pormenor como nos pênaltis. Em nenhum outro instante é tão simples identificar o herói e o vilão como nos pênaltis – e em nenhuma outra jogada, como nos pênaltis, os goleiro vêem tão vingada a sua subalternidade, reunindo sobre si próprios as atenções. Como pode o senhor chamar 'uma lotaria' àqueles dez golpes em *staccato*, àqueles quinze curtos minutos em que se separam o porvir e a excomunhão, àquela verdadeira tragédia grega que são os pênaltis, com a sua húbris e a sua paixão, a sua anagnórise e a sua catarse? O pênalti é coragem, mais até do que habilidade – e é nos pênaltis que o futebol se aproxima em definitivo da vida. Não percebe isto, meu bom homem?".

Não cheguei a dizê-lo, porém. Disse apenas:

— Bom, se tem uma condição cardíaca, realmente...

E calei-me.

O Benfica veio a ganhar por uma bola a zero, em virtude de um desconsolado gol obtido já sobre o minuto noventa, num lance em que a defesa visitante se desposicionou com abundância e o goleiro ficou sozinho, perplexo, perante dois adversários que ainda assim iam fazendo cerimônia, chutas tu ou chuto eu, acabamos com isto ou não acabamos, vale mesmo a pena ganhar este jogo ou deixa lá estar a taça – até que veio lá de trás um jogador de azul, destravado, e, na ânsia de cortar para canto, pontapeou para a sua própria baliza, provocando no rosto do guardião um ar como que de alívio. No topo do estádio, o *speaker* desatou aos berros, puxando pelos consócios: "Benfica! Benfica! Benfica!" Mas não era preciso: a explosão foi de tal ordem que me pareceu que toda a estrutura em volta desabava. O homem-passarinho não gozou o momento: já tinha saído, com os seus auscultadores arrumados no bolso, para proteger o miocárdio.

No fim, deixei que o estádio se esvaziasse e fiquei ali, cercado de cadeiras vazias, as bocas de rega do relvado já em pleno trabalho de manutenção. Celebrara o gol como pudera, esticando os braços ao ar e depois coçando a nuca, como se a mim próprio me houvesse apanhado em falta – mas, em todo o caso, celebrara-o. De resto, tinha tempo para perceber o que era exatamente o Benfica, o que significava uma vitória para um benfiquista e como deveria viver o seu instante. Para já, e como estreia, podia ter sido bem pior. Voltei para casa sem culpa. Mesmo assim, evitei o metropolitano.

Na segunda-feira imediata, o almoço demorou mais ainda do que o habitual. Enquanto pudemos, evitamos o assunto do futebol – e, se a conversa dava sinais de resvalar para gols e pontapés-de-canto, logo acorria Pedro, aflito, queixando-se da última directiva da Direção Comercial, recapitulando as mais recentes informações sobre os inúteis esforços da economia portuguesa para resistir à crise planetária, de cuja evidência, como sempre, se havia dado conta tarde de mais, ou lamentando faltar ainda uma eternidade para o fim de semana, o único momento em que, até descer sobre ele a espada de Dâmocles na forma de uma bola à barra, de um pênalti falhado ou de uma defesa impossível do goleiro contrário, parecia ser feliz.

Era um elemento fundamental na nossa equação, Pedro. Onde quer que haja mais de dois homens, há também duas capelinhas, formadas e desfeitas ao sabor dos pactos de circunstância e das susceptibilidades acumuladas – e o seu papel fora sempre o de manter o equilíbrio, o que aliás nunca fora tarefa fácil. Talvez se pudesse dizer que eu e Alberto éramos como água e azeite, mas na verdade éramos mais do que isso: éramos como água e potássio – eu a água, mais silencioso e talvez mais letal (pelo menos, eu gostava de olhar para mim assim), e ele metal alcalino puro, prontinho a explodir perante a minha impassibilidade (pelo menos, era assim que ele lhe chamava).

De qualquer maneira, as nossas pantominas já tinham uma espécie de guião. Começava Alberto:

— Andas a comer a Andreia da Contabilidade, não andas, meu sacana?

E eu, muito seco:

— Ganha juízo.

Então ele punha-se a chamar-me nomes, a mim e aos meus ancestrais, uma sucessão de insultos que alcançava pelo menos cinco gerações de homens e mulheres Barcelos, todos de caráter igualmente duvidoso – e ao embarcar em tal delírio, primeiro a brincar e depois já quase a sério, colocava-se no exato lugar onde eu pretendera que se pusesse, perdendo em definitivo mão na conversa, deixando-se vencer mais uma vez, tornando a sentir-se o tonto sem redenção que eu gostava de fazê-lo considerar-se.

Até que acorria Pedro:

— Mas, se um dia andares com ela, vais contar-nos, certo?

E depois ainda:

— Caramba, Miguel, nós somos os dois casados. Tem compaixão de nós. Se não nos contas nada da tua, então é que não temos vida sexual mesmo...

E ríamo-nos os três.

Outras vezes a rotina era a contrária. Começava eu:

— E, pronto, aí está a merda da chuva outra vez. Estamos em setembro, caramba! Mas quem é que disse que Lisboa era uma cidade de sol, afinal? Para isto, tinha ficado nos Açores...

Dizia-o para chatear, não mais, até porque nem sequer era meu hábito debitar mais de duas frases seguidas. Mas já sabia que, um fugaz instante depois, já Alberto estaria:

— Foda-se, tu e mais os Açores! Está a chover aqui como está a chover lá. É o tempo dela e não há nada a fazer. Puta que pariu os Açores, mas é!

E então lá voltava Pedro:
— Pões-te a falar assim, Alberto, mas esqueces-te de que viemos no carro dele. Vê lá se queres boleia ou se preferes ir a butes, com a chuvinha a pingar-te no cocuruto.
E ríamo-nos de novo.
Naquela segunda-feira, porém, não nos rimos. Pairava entre nós uma evidente tensão – e, apesar dos esforços de Pedro para mantermos o diálogo circunscrito à recessão econômica, o tema a que, à falta de melhor, passáramos a dedicar-nos a meio da semana (assim não houvesse competições europeias, isto é), era seguro que acabaríamos por falar da jornada futebolística acabada de concluir. E, como nenhum de nós mencionasse o assunto, torturando-o com duas longas horas de taxas de juro e de déficit público e de agências de rating e de tudo o mais que não lhe interessava – nem a ele nem a nenhum de nós, para dizer a verdade –, foi o próprio Alberto a ceder, já depois de pedida a conta:
— Então, e essa ida ao estádio da luz, que tal foi?
Perguntou-o com o tom mais casual que conseguiu forjar, mas com o lábio superior arrepanhado, num irreprimido esgar de desprezo – e, quando eu dei por mim, as palavras já haviam saído da minha boca, alinhadas como se há muito esperassem a oportunidade de manifestar-se:
— Não jogamos grande coisa, mas passamos aos oitavos-de-final. A taça é assim mesmo.
E depois, não conseguindo deter-me:
— Já vocês... Caramba: como é possível perder em casa com o Moreirense?! O Moreirense, da segunda divisão, de uma freguesiazita do Minho, com uma camisa aos quadrados verdes e brancos... Aos quadrados verdes e brancos, meu Deus! Diz-me lá: como é que o Sporting leva dois secos do Moreirense, Alberto?
E então instalou-se a balbúrdia: gritaria, insultos, Alberto trepando pela cadeira acima, tentando apanhar-me

do outro lado da mesa, Pedro afligindo-se muito, sem perceber bem se aquilo era já a sério ou pelo menos um bocadinho ainda a brincar, e eu puxando uma elegante fumaça, serenidade em pessoa, um sorriso de negaça abrindo-se e fechando-se e tornando a abrir-se ao canto da boca, em sucessivas ondas peristálticas.

Estou convencido de que, se algum dia Alberto esteve em vias de partir-me o nariz ao soco, em todos os muitos anos que levamos já de convívio (e de amizade, sim, de amizade), foi aquele. E o problema é que fora o seu sarcasmo a desencadear o meu ataque, o que de súbito me fazia voltar a temer que a ideia de mudar de clube não tivesse passado nunca de uma provocação atirada, antes de tudo mais, ao meu vizinho de secretária, àquele pobre homem com uma mulher doente, dois filhos adultos ainda por emancipar, a sogra a viver lá em casa e certezas absolutas sobre o que quer que fosse, de resto o mais sintomático de tudo.

Na verdade, aquele gênero de *bullying* era habitual entre nós, eu no papel do agressor e ele no do miúdo espalhafatoso e covarde que diariamente regressava a casa fervendo de raiva e de impotência. Mas nunca, até àquela segunda-feira em que quase andamos à pancada, eu tirara uma tão grande satisfação dos meus assédios.

O resto da tarde, é quase desnecessário dizê-lo, veio a verificar-se de uma inutilidade absoluta. Andamos os dois por ali em silêncio, esforçando-nos por não cruzar o olhar, contraindo os cotovelos sempre que, num gesto mais incontido, corríamos o risco de tocar-nos – e, quando ele precisou de agregar as páginas de uma apólice, não me pediu o agrafador a mim, como sempre fazia, mas a Catarina, a estagiária da mesa em frente, que todos tínhamos já percebido estar ali para subir depressa na hierarquia da empresa, e que aliás tinha mamas mais do que suficientes para isso.

Estava a tentar dirimir o desgosto, o meu amigo. No fundo, o seu drama não deixava de comover-me. O tempo viria em que invectivar a dois o caráter das estagiárias seria de novo divertido.

Para já, chovera um pouco ao longo da tarde e eu tinha de pôr-me em casa o mais depressa possível. Como sempre acontecia em Lisboa após o mais inofensivo chuvisco, o trânsito haveria de estar infernal – e eu mal podia esperar por ligar o aquecimento, enrolar-me numa manta velha e ficar para ali, afundado no sofá, a ver programas de televisão imbecis, uns atrás dos outros, até adormecer e só tornar a acordar lá pelas três ou quatro da manhã, cheio de dores nas costas e pronto a mudar-me para a cama, às vezes até sem consciência sequer de tê-lo feito. Tinha-me transformado num *cliché* urbano – e, provavelmente, era bem feito.

Ainda parei na churrasqueira ao lado de casa, na intenção de munir-me de uma dose de colesterol suficiente para não ter de preocupar-me com comida até ao dia seguinte, mas uma espreitadela bastou para percebê-lo: a chuva deixara muitos dos meus vizinhos tão indolentes como eu, sem vontade nem forças para cozinhar, pelo que a fila se estendia até à porta, com os fumos e a gordura e os bafos embaciando os vidros e, por detrás do balcão, a cozinheira anafada suando em bica para cima dos frangos assados, com o ar afogueado de quem não cultiva já qualquer esperança de despachar a freguesia antes do *reality show* das nove e meia. Exausto, entrei em casa, acendi as luzes, liguei ambos os aquecedores e fui direito ao armário, à procura de um daqueles novos pacotes de pipocas pré-confeccionadas, que se metiam no microondas e em três minutos desabrochavam num milhão de florzinhas salgadas, e que agora constituíam o meu jantar na maior parte dos dias da semana.

De todos os meus vícios, as pipocas, como um dia lhe haviam chamado as tribos índias da América do Norte, a quem coubera o gênio de identificar as faculdades oclusivas de determinadas espécies de milho, eram o mais antigo. Comia-as desde a primeira infância, ainda a gula era pecado, e estava para ser. Em trinta e cinco anos, vivera numa série de lugares, concretizara umas quantas obsessões, abdicara de outras tantas, recebera e afastara várias pessoas da minha vida, e elas a mim das suas. As pipocas haviam estado sempre lá. Da primeira vez que as provara, ainda vivia em São Bartolomeu, chamavam-se milho frito – e, aliás, o milho em si dava pelo nome de milho de freiras. Entretanto, comera-as de todas as maneiras: fritas em tachos e compradas em saquinhos de papel, com aroma de manteiga e até com molho de salsa, pequeninas e à americana, em versão *light* e mesmo cozinhadas segundo auspiciosas receitas *gourmet*. Só não as tolerara nunca com açúcar, heresia sobre todas as outras intolerável. De resto, não perdia uma oportunidade de devorá-las – e, nas noites em que agora me permitia comiserar a minha própria solidão, a primeira coisa que me obrigava a recordar era a possibilidade de comê-las todos os dias, ao jantar e ao lanche, ao almoço ou logo pela manhã, ao fim de semana ou mesmo após um dia de trabalho, como era o caso. Tanto quanto me dizia respeito, só a descoberta das pipocas já justificava que Colombo se tivesse um dia feito ao mar.

Devorei uma tigela em pouco mais de vinte minutos. Continuei com fome – e, sem remorsos, fui preparar mais. Lá fora, a chuva caía agora com maior intensidade. Do fundo do corredor vinha o som compassado de pingos caindo sobre plástico: a goteira do banheiro tornava a manifestar-se, cumprindo a sua habitual função de recordar-me que mais um ano havia passado, que era inverno outra vez e que, apesar de tudo, o mundo continuava no mesmo lugar.

Liguei o televisor, sem grande convicção, e percorri os canais pela ordem do costume: os de cinema, os de séries americanas, os de noticiários, os desportivos. Aborrecido, percorri-os de novo, agora no sentido inverso, até deter-me num filme em que um homem e um dragão uniam forças para resistir à voragem de uma águia gigante que ameaçava destruir uma pacata aldeia do Idaho, esse Estado tão injustamente esquecido desde que Hemingway interrompera a sua placidez enfiando os canos de uma caçadeira nas goelas e puxando o gatilho de modo a investigar se sempre havia luz ao fundo desse túnel que todos percorreríamos um dia.

Nada a fazer: virasse-se um homem para onde se virasse, todos os filmes e todos os livros e todas as peças de teatro e tudo o mais que se houvesse inventado para contar histórias e obrigar-nos a perdermo-nos e a reencontrarmo-nos e a perdermo-nos e a reencontrarmo-nos nelas pareciam agora girar em torno de dragões e águias colossais, de fadas e de elfos, de duendes e de vampiros, de mutantes com duas cabeças e de extraterrestres assassinos que nos pousavam no quintal para fazer amizade e, à traição, subjugar o *Homo sapiens*. Algures ao longo do caminho, pegáramos no velho rapaz-conhece-rapariga, envergonháramo-nos dele e prometêramos a nós próprios jamais voltar a deixar-nos fascinar pela pungência desse encontro, pela força desse inesperado cruzamento entre dois seres que se surpreendem mutuamente e, de repente, tivessem de viver juntos para sempre ou de imediato matar-se um ao outro. E, portanto, ali andava eu, todas as noites, aborrecendo-me de morte com as aventuras de um *hobbit*, bocejando com a saga dos *goblins* azuis e adormecendo ao compasso de um feiticeiro órfão que, de varinha em riste, salvava a cena por mais um dia, embora no dia seguinte os *hobbits* e os *goblins* e os dragões e os duendes e a puta que os pariu voltassem, todos juntos, para nos atormentar, ao gênero humano e a mim em particular.

Resgatada a aldeia do Idaho após mais um louvável exemplo de resistência humana – desta vez com prestimosa colaboração draconiana, haja a justiça de reconhecê-lo –, mudei para um canal pornográfico, daquela pornografia crua que não deixa espaço a sentimentos, como sempre fazia quando considerava consolidada a digestão. No ecrã, duas japonesas divertiam-se em volta do pênis minúsculo de um homem gordinho, de aspecto mais nipônico ainda, e a que a presença da câmara parecia inibir um tanto. Para dizer a verdade, eu preferia cenas em que contracenassem apenas um homem e uma mulher, se possível com não demasiado tempo desperdiçado nos intróitos, e melhor ainda se, a certa altura, fosse tal o ardor da mulher que ela simplesmente se abandonasse ao prazer na posição mais desconfortável possível, como se pudesse já viver de todas as maneiras, menos sem aquela haste de carne enfiada dentro dela. Havia alguma coisa de curioso naquelas duas japonesas, contudo – e o mais provável era que fossem os seus gritinhos juvenis, surpresos, quase ofendidos. Considerei masturbar-me, mas de novo o desejo desapareceu.

Assim como assim, a última coisa de que eu precisava agora era de filmes onde um rapaz conhecesse uma rapariga e depois conhecesse outra rapariga e logo a seguir conhecesse outra rapariga ainda, até que, enfim, o mundo inteiro desabasse, com trágicas consequências para todos. Dragões e elfos, apesar de tudo, eram mais inofensivos e, aliás, menos propiciadores de culpa, afrodisíaco mais do que qualquer outro poderoso. Para vida real, bastava a minha – e, se calhar, já era de mais.

Pensei ir para a cama, engolir um soporífero e pôr-me a ler um bocado, até que o sono se apossasse novamente de mim. Mas, entretanto, passei por um dos canais de notícias, onde se discutia a jornada futebolística do fim de semana, e deixei-me ficar mais um pouco. Pela tela dispersavam-se agora quatro homens: um jornalista e uma personalidade conotada com cada um dos três grandes clubes portugueses, FC Porto, Benfica e Sporting. O sportinguista, com a missão dificultada pela derrota do fim de semana, obrigava a realização a passar vezes sem conta, em câmara lenta e em câmara superlenta, no ângulo convencional e depois a partir de um dos topos do estádio, atrás da baliza do Sporting, as imagens do primeiro – e decisivo, garantia ele – gol do Moreirense. Havia falta sobre o goleiro, defendia: o atacante saltara ainda fora da pequena área, mas entretanto carregara o guardião já dentro dela. Gol ilegal, portanto. O vídeo mostrava-o com toda a clareza – e as imagens virtuais, com umas bolinhas vermelhas e outras amarelas sobre um fundo verde-alface (não deixava de ser curioso que os jogadores do Sporting fossem representados por bolinhas encarnadas), não desmentiam a teoria.

    Pensando melhor, eu já não gostava verdadeiramente de futebol. Não daquele futebol, pelo menos. O meu futebol era o dos gols de bandeira e dos pênaltis roubados, dos festejos pela noite dentro e das zangas à segunda-feira de manhã. No meu futebol viviam-se a mais delirante euforia e a mais miserável angústia. Viviam-se o ódio e o amor em doses iguais – e, quando alguém nos perguntava se era loucura o que isso era, nós erguíamos bem alto o copo, citávamos Goethe (não citávamos nada) e bebíamos a Diego Armando Maradona. O meu futebol existia porque tudo o mais existia também – e porque em tudo o mais tínhamos de ser sensatos e ponderados, contidos e parcimoniosos, cínicos e conformes. No meu futebol, que descansasse ele em paz, cabiam a gritaria, a sede de vingança e a matreirice. Por outro lado, não cabia esta nova e descoroçoante mania de usar imagens televisivas, reais e virtuais, para dissecar os erros dos árbitros, no fundo o elemento do jogo com mais potencialidades poéticas. No meu futebol cabia Deus, sim – mas também o Deus que cabia no meu futebol erguia bem alto o copo, citava Goethe (ele, sim, citava Goethe) e bebia a Diego Armando Maradona. E, naquele instante delicado e sublime, não havia nada mais urgente do que aquilo. O homem de bom senso jamais cometeria uma loucura de pouca importância.

    Entretanto, porém, o comentador portista, que nem sequer se preocupara em debater a legalidade do gol sofrido pelo Sporting, conseguira fazer-se ouvir no meio da gritaria:

— O que me preocupa é o gol do Benfica. Peço à realização que nos dê as imagens.

E depois, com um excerto do vídeo do Benfica-Belenenses já em reprodução num ecrã ao fundo:

— Embora o gol tenha acabado por ser marcado na própria baliza, há impedimento de um dos atacantes do Benfica no momento da última tabela.

Ao surgirem as imagem correspondentes, elevou a voz, apontando para o ecrã:

— Ora, vejam, vejam, vejam!

E enfim:

— Portanto, isso do gol do Moreirense não faço ideia, nem me interessa. Este sei eu que é irregular. E os senhores da Comissão de Arbitragem deviam estar atentos à sucessão de erros que continuam a beneficiar o Benfica.

Vi as imagens em câmara lenta, uma vez e outra – e não tive outro remédio senão deixar-me convencer: o Benfica ganhara de fato com um gol obtido de forma ilegal. Dei por mim indignado, apesar do espanto que essa sensação me causava – e quase não preguei olho a noite toda.

Segunda Parte

O dia em que pela primeira vez recebi a visita da executiva dos sapatos de vidro foi uma quinta-feira, antevéspera de Natal. Como de costume, eu optara por não tirar férias durante a quadra, aproveitando o silêncio da empresa, a libertadora desolação de Lisboa e a quase total ausência de clientes (embora não para a malta do Departamento de Sinistros, atarantada com a profusão de acidentes ocorridos ao longo da quinzena) para queimar duas semanas de trabalho e justificar-me por não voltar a São Bartolomeu pelas festas. Estava ainda a dormir no momento em que fui acordado pelo som do telefone – e, quando do outro lado soou finalmente uma voz, não ouvi mais nada senão:

— Às sete?

Fiquei calado durante alguns segundos, incerto ainda sobre se o telefone tocara mesmo e se, de fato, alguém dissera aquelas palavras: "Às sete?" Mas a verdade é que a voz que roufenhara do outro lado da linha continuava lá, à espera de uma resposta. Eu escutava um leve arfar, um fole compassado que parecia fazer vibrar o telefone junto ao meu ouvido – e a curiosidade sobre de quem se tratava e o que pretenderia essa pessoa, reforçada pelo silêncio que entretanto se substituíra àquela crítica pergunta inicial, apenas acentuava a estranheza imensa que era acordar com uma voz.

Limitei-me a devolver:

— Perdão?

E então a voz voltou:

— Às sete?

Ocorreu-me que fosse engano. Depois censurei-me por essa persistente incredulidade que me enegrecia o espírito – mas logo tornei a desconfiar. O mais provável era que se tratasse de uma brincadeira – e, no curto leque de potenciais humoristas, não me ocorria outro senão Alberto, amargurado e cheio de boa vontade, determinado a lançar água sobre a fervura da nossa pequena disputa, propondo tréguas da forma mais dissimulada e indolor possível.

Na realidade, era difícil determinar o que quer que fosse sobre a voz. Até àquele momento, eu sabia apenas uma coisa. Melhor, duas. Primeiro, que era uma voz de mulher (e eu recebia cada vez menos telefonemas de mulheres). Segundo, que nunca a tinha ouvido (eu não tinha por hábito esquecer uma voz de mulher).

De maneira que, para cobrir todas as possibilidades e manter em aberto as diferentes perspectivas, decidi responder apenas: "Às sete", no momento em que a voz se cansasse de esperar e repetisse ainda uma última vez a pergunta inicial. E, quando ela o fez e eu balbuciei a anuência, ainda a medo e como quem espera uma reação, a mulher desligou de uma vez a chamada, sem um comentário, sem uma despedida, sem nada. Escutou com indiferença aquelas duas palavras vazias:

— Às sete.

E já não voltou a falar, limitando-se a pousar o auscultador, com a secura perturbadora de quem vê cumprida a mais insignificante e aborrecida tarefa do dia.

Eram sete e meia da manhã – e, de súbito, as quase doze horas que mediavam aquele momento e as sete da tarde, contanto fosse das sete da tarde que se falava, pareceram-me uma eternidade. Agora que tentava fixá-la na memória, a voz que me despertara soava-me grave e encorpada, com personalidade, pelo que não podia ser apenas uma assistente qualquer lá da seguradora, servindo de marioneta a Alberto para uma sessão de gozo. Por outro lado, não era o suficientemente rouca e escura, dado o que não se trataria também de uma recém-divorciada de meia-idade, a tentar reconstruir a vida com o catálogo de uma marca de cosméticos em riste – e isso não apenas legitimava os meus receios como também dava todo um novo sentido à minha surpresa.

Para além do mistério óbvio sobre as reais intenções por detrás daquele telefonema, e que a agitação quase me fizera relegar para segundo plano, o fato é que havia algo como que terrível naquela voz. E a revelação do castigo que ela me trazia, a dúvida quanto ao que, afinal, me reservara o destino para o dia em que eu não pudesse mais esconder-me da sua ira, era precisamente a minha grande expectativa para o encontro das sete horas. Partindo do princípio de que se tratava de um encontro.

Cheguei ao escritório bem antes das nove da manhã, estava o Departamento de Apólices ainda vazio. Nos meses quentes, tinha por hábito passar na pastelaria ao fundo da rua, para o pequeno-almoço. No inverno, nem isso: as pessoas tossiam muito, fungavam outro tanto, aclaravam a garganta a cada dois minutos, numa sucessão de esgares e ruídos que se revelavam sempre um pouco mais do que aquilo que o meu estômago conseguia suportar – e, como ainda por cima continuavam a mastigar de boca aberta e a arrotar e a falar alto, tal como já faziam no resto do ano, eu preferia sair de casa alimentado, protegendo-me de embaraços desnecessários. Ao longo do Natal, porém, a empresa mandava pôr logo pela manhã uma série de bolos e frituras natalícias na copa, que em boa verdade era sobretudo uma sala de convívio – e, apesar do mal-estar que acabava por apossar-se de mim ao longo de quase todo o dia, eu nunca resistia, chegando a época, a começar a jornada por ali, entre sonhos e coscorões, atafulhando-me de bolos-rei e de azevias. Afinal de contas, tinha sorte: o tempo havia-me ensombrado o caráter, mas nada alguma vez me tirara a fome.

Andreia era a única pessoa presente na divisão – e, quando dei por ela, mexendo o café com um olhar absorto, com uma fina fatia de bolo à frente, já era tarde para voltar atrás. Havia mais de um ano que não lhe tocava, censurando-me por alguma vez sequer tê-lo feito, mas a verdade é que ainda tinha de esforçar-me para fugir às suas investidas, fossem elas mais óbvias ou mais dissimuladas, mais imediatas ou estratégicas. Tentava normalmente fazê-lo com um sorriso, meio "foi esplêndido, Andreia" e meio "mas temos de ter juízo". Nem sempre resultava. Nunca resultava. Regra geral, ela revirava-me os olhos, deixando claro o seu ressentimento para com a minha covardia (nunca deixaria de chamar-lhe covardia) – e, se não os revirava, preferindo sorrir também, então eu sentia mais remorsos ainda.

Durante os cerca de dois meses que haviam durado os nossos encontros, eu nunca deixara de, na medida do possível, tentar corresponder às suas necessidades, aos seus anseios e às suas fantasias (assim as intitulava ela própria, fantasias). Recebia por *e-mail* as convocatórias que me enviava, sempre um pouco autoritárias de mais, e deixava-me ficar bem para lá do horário de trabalho, indo fornicá-la no banheiro do terceiro andar, habitualmente o primeiro a ficar deserto ao fim do expediente, ou mesmo ao arquivo morto da cave, cuja chave um de nós se empenhava em arrancar ao segurança. Outras vezes sentia o telefone a tremer na algibeira, conferia as suas indicações no ecrã, anunciava em volta que tinha um almoço com um cliente e ia ao seu encontro num qualquer hotel de circunstância, que ela mesma reservara e pagara em dinheiro vivo, de resto com grande sabedoria. Até que me levou a jantar "lá em casa", com o marido e o filho pequeno – e eu não consegui continuar.

Sentira sempre uma certa repelência, tenho de reconhecê-lo, pelo tipo de mulher que ela representava. Manifestava-se em Andreia, desde o início, aquele misto de frêmito e insaciabilidade que me pareciam mais egolatria urbana do que outra coisa qualquer. Por outro lado, tratava-se de uma mulher bela, mais bela do que aquilo a que eu fora capaz de resistir, numa certa fase da vida a que parecia voltar por instantes – e a sua paixão acabara por enternecer-me. Começava sempre por uma felação um tanto deplorável, uma longa e melosa mamada cujo ardor não chegava para colmatar a sua falta de habilidade, mas depois era bastante divertida durante o coito, pondo-se de quatro e sentando-se nua em cima do lavatório e deitando-se de costas no tapete do chão, com as pernas tão arqueadas quanto conseguia, para que eu pudesse tomá-la bem fundo. E, como não me ocorresse outra coisa, eu fora-me deixando ir naquilo.

No inverno, e não conseguindo evitar uma espreitadela sobre a borda do precipício, decidira então convidar-me para provar um cuscuz feito pelo marido, que descrevia como muito melhor do que qualquer um dos pratos que comíamos à pressa, antes ou depois das nossas escapadelas, em restaurantes ou tascas ou cafés sem jeito, onde fingíamos discutir matérias de âmbito profissional, mas em que não devemos ter passado uma só vez despercebidos. Quando bati à porta, com uma garrafa de vinho debaixo do braço, abriu-me o marido, um homem pequeno e purpurino, muito mais simpático do que teria sido aconselhável. O jantar em si não correu mal: o cuscuz era realmente aceitável – e, como sempre fazem os civilizados quando não têm outra coisa que dizer, falamos das viagens que cada um já havia empreendido, eles quase sempre juntos, eu com Cláudia (primeiro) e com Glória (depois). Gonçalo, o pequeno, ia fazendo sucessivas birras, o que sempre servia de manobra de diversão para o meu desconforto. Mas depois a mãe foi pô-lo na cama – e, quando ficamos ali os dois, eu e o marido dela, ouvindo Tom Jobim e conversando sobre discos e diferentes receitas de cuscuz, eu percebi que ele me temia, o que era, de todos os sentimentos possíveis numa situação daquela natureza, o único que eu não tinha o direito de provocar-lhe.

Nunca mais consegui dormir com Andreia – e só após uma série de evasivas, umas mais ardilosas e outras mais veementes, ela acabou por percebê-lo. A separação não foi fácil de consumar. Primeiro, punha-se a choramingar de cada vez que nos cruzávamos, argumentando ter o pai doente ou apenas estar exausta quando, admirado, um colega ia dar com ela a chorar num canto, sem razão aparente. Depois, passou uma série de meses a fazer-me propostas de todo o tipo, incluindo pequenos desvios à hora de almoço e pretensos serões de trabalho, sábados em que diria ir às compras, rumando em vez disso ao motel mais próximo, e até fins de semana inteiros no Alentejo, na Serra da Estrela, no Algarve, para que se escaparia nem sei bem como.

Entretanto, e ao fim daquele tempo todo, não tivera outra alternativa senão restringir um pouco os seus avanços. A rejeição, todavia, ainda a transtornava. Andreia não me tinha amor. Talvez o amor, para ela, não fosse sequer uma opção. Mas estava refém da sua própria avidez – e, embora talvez mais por acaso do que por qualquer outra coisa, acabara por encontrar em mim, na sua relação comigo, um fracasso a que, no fundo, estava muito pouco habituada. E, mesmo assim, sofria de fato, e eu sabia-o. Aprendera a conhecê-la um pouco – e, mais do que isso, quase todos os dias ouvia alguém do Departamento de Contabilidade desabafar sobre o fato de a chefe andar insuportável, o que, tendo em conta a racionalidade e a ambição que ela sempre pusera ao serviço da carreira profissional, se tornava bastante revelador.

— Bom dia — arrisquei eu, tentando manter uma certa solidez na voz.

— Bom dia — respondeu, como se o retorquisse.

E colocando muito depressa a mala ao ombro, enquanto se debatia por equilibrar a chávena sobre o pires e procurava comer ainda uma última garfada de bolo:

— Não te preocupes, que já estou de saída.

Fiquei ali, a vê-la agarrar nos pertences e partir. Portanto, andávamos em fase estratégica.

De qualquer forma, eu já me recriminava há muito tempo – e, para sermos justos, Andreia estava longe de ser a principal testemunha da minha iniquidade. Talvez por isso eu sentisse agora uma tão incontrolável necessidade de mudar de pele, de metamorfosear-me em alguém diferente, se é que era disso que se tratava – e talvez por se tratar de uma urgência eu tivesse decidido começar pelo clube de futebol, e do qual garantia Alberto, como garantiam tantos, ser a última imutabilidade do homem português. Aparentemente, haveria sempre alguma coisa a perseguir-nos, alguma coisa que não mudaria nunca, que jamais nos deixaria em paz. Mas, se eu conseguisse mesmo torcer por outro time, se eu conseguisse sentir o Benfica como meu, apaixonar-me pelas suas vitórias, sofrer com as suas derrotas e abraçar com emoção outros benfiquistas felizes por essas vitórias e destroçados por essas derrotas, então talvez ainda houvesse esperança para mim.

Peguei em duas filhós, enfiei-as num prato, servi-me de uma generosa caneca de café e fui sentar-me à secretária, a despachar *e-mails*. Fosse como fosse, tinha um encontro às sete da tarde – e, considerando a ausência de local estipulado, o mais provável era que devesse esperar em casa. Precisava de sair do escritório a horas.

Acabei por ficar na empresa apenas até ao final da manhã. Estar de serviço ao longo do Natal, como eu bem sabia, não era bem a mesma coisa que trabalhar – e, quando dei pela malta toda a desligar os computadores ainda antes da hora de almoço, determinada a deixar o resto do expediente a cargo dos infelizes do *call center* e dos Sinistros, aproveitei o ensejo e juntei-me à debandada. Ninguém desejou bom Natal a quem quer que fosse, de forma a não alardear em demasia a deserção. Em todo o caso, Pedro e Alberto tinham metido férias pelas festividades, como sempre faziam. Andreia, pelos vistos, estava determinada a manipular qualquer possibilidade de cortesia para com a minha pessoa – e, quanto ao chefe do Departamento de Apólices, esse burocrata pardacento de cuja presença tão raras vezes algum de nós se dava conta, parecia ter sido o primeiro dos gazeteiros, pois não se deixara ver toda a manhã (também havia a possibilidade de estar morto desde o dia anterior no gabinete, mas nem por isso algum de nós iria conferi-lo).

Ainda pensei ligar para casa, a ver se apanhava o meu pai, mas preferi fechar as gavetas, cobrir o monitor e sair. O Natal, há décadas consagrado como o supremo metrónomo do fracasso do Sporting, quase sempre afastado da luta pela vitória no campeonato ao chegar àquela época do ano, não era um tempo apropriado a conversas demoradas entre nós – e, além disso, como sempre acontecia, não faltaria em São Bartolomeu um certo ressentimento para com mais uma ausência minha em plena festa da família. Haveria, como sempre, de telefonar-lhes no dia seguinte, quando a profusão de chamadas e de mensagens de telemóvel e até de visitas, avolumadas pela tradição local do Correr Meninos, os tivesse deixado exaustos, ansiosos por que a quadra acabasse depressa e nem mais um amigo, familiar ou vizinho os importunasse com votos de Boas Festas. De resto, já estavam habituados à minha misantropia – e não era agora que eu ia fraquejar nos meus esforços por tornar-me o filho desnaturado em que há tantos anos insistia em transformar-me.

Lisboa estava como louca. Voltara a chover, e de novo os automóveis se haviam multiplicado de modo brutal, enchendo os passeios, estrangulando os cruzamentos e submergindo a cidade num opressivo rebuliço de apitos e de travagens bruscas e de discussões de trânsito. Dentro dos carros havia agora famílias inteiras, o que reduzia vagamente a glória do absentismo laboral. Feitas as contas, já não havia ninguém a trabalhar: andava tudo às compras, preparando as festas e a distribuição de presentes do dia seguinte. Olhava-se para o porta-bagagens de qualquer automóvel parado numa fila e havia um amontoado de prendas e papéis de embrulho e fitas coloridas. Homens que passavam a pé pareciam sherpas, carregados de sacos e de cansaço. Uma senhora já avançada na idade, muito atrapalhada com a sua carga, apressou o passo numa passadeira de peões, deixou cair uma caixa e depois ficou ali a olhar para os carros que a esmigalhavam, um atrás do outro. Uma grávida com a barriga à mostra sob o casaco de lã, determinada a resistir sozinha ao frio e à chuva, tropeçou num passeio e por pouco não caiu, indo recuperar o fôlego sentada por momentos num banco da avenida, para logo dois velhos com ar baboso se sentarem ao seu lado, um à direita e outro à esquerda, olhando-lhe de esguelha para o umbigo ao fundo do top que no tempo deles ninguém consideraria sequer um sutiã.

Pedi mesa em três restaurantes diferentes, mas estavam todos a transbordar, com pilhas de sacos à volta das cadeiras, presentes amontoados em torno dos pratos e tudo numa enorme gritaria. Entrei nos Armazéns do Chiado, para ao menos confortar-me com um chocolate quente, e fui atropelado por outros presenteadores compulsivos ainda. No átrio, e numa medida um tanto insensata, a FNAC dispusera quatro ecrãs gigantes, ligados a consolas de video-jogos, e à volta das quais se reuniam agora dezenas de crianças e de adultos. Dois homens tinham-se envolvido na disputa de um jogo qualquer de pancadaria – e cada vez mais gente se ia juntando em redor deles. Havia risos e berros e expressões como "Vai lá, vai", "toma, que já almoçaste!" e "espera, que eu já te apanho!", repetidas pelos jogadores e pela própria multidão em redor. Aparentemente, um deles estava a desfazer o outro ao murro e ao pontapé, mas este não se dava por vencido. Por cima do ecrã, um cartaz anunciava: "*Fight Night Round 4 Platinum PS3*. À venda a partir de 21 de outubro." Ri-me da data, passada havia dois meses. O filho de um dos homens, com seis ou sete anos, talvez menos, mantinha-se agarrado à calças do pai, assustado com o bulício – mas entretanto o pai nem dava pela sua presença, empurrando-o e escoiceando-o de cada vez que, num estertor de gozo e de ansiedade, surpreendia o adversário com novo *uppercut*. Era óbvio que ia levar para casa a nova versão do *Fight Night Round*, apesar de já ser já mais do que versado nas anteriores – e se, mais dia, menos dia, o miúdo também quisesse dar socos e brincar ao boxe, ia ter de requisitá-lo com a devida antecedência, o que era o mais trágico de tudo. Onde andavam os homens de Lisboa, sabia-o eu bem: não estando a assistir a filmes tontos sobre feiticeiros e dragões, estavam ali, aos murros num simulador – e, entretanto, as mulheres ocupavam-se das compras, com aquele ar ressentido de quem não é devidamente apreciado.

Voltei a sair para rua e telefonei a Alberto. Ofendido ainda com a minha súbita mudança de clube, que fazia questão de mostrar-se decidido a não me perdoar, fora de férias quase sem se despedir, limitando-se a um seco "Bom Natal" – e eu sabia que me cabia a mim esboçar um gesto de aproximação. No fim de contas, fora eu quem lhe tirara aquilo que tantas vezes dissera ser o melhor momento da sua semana: o longo almoço de segunda-feira, em que nos juntávamos os três, ele, eu e Pedro, para repisar as desventuras da nossa comum paixão sportinguista. Até certo ponto, éramos como os três tempos de uma valsa, ele com as suas provocações e as suas frases de efeito, eu com o meu gosto especial por desmanchar o prazer dele e Pedro com aquele seu persistente afã de proteção da ordem – e qualquer um de nós abandonar de repente o clã deixaria sempre marcas nos outros dois. De resto, era eu, sei-o bem, quem Alberto mais estimava. Para ele, Pedro não passava de um figurante, o homem demasiado frágil que só emparceirava conosco para desempatar, se tal viesse a revelar-se necessário.

Também andava às compras, Alberto – e, quando viu o meu nome no ecrã do telefone, fez de pronto uma pausa na deriva, sem rancores ou prosápias. Perguntei-lhe pela família, pela preparação da consoada e pelo andar das festas, evitando entrar em conversas demasiado longas sobre qualquer um dos assuntos. E atalhei:

— Bom, que tenhas um bom Natal, tu e os teus. E lá estaremos em janeiro, no nosso galinheiro predileto.

Ele ainda fez menção de alongar a conversa sobre o significado da passagem de mais um ano, como quem se prepara para planear uma vida nova, cheia de resoluções e transformações, mas eu percebi que a intenção era tornar a discutir o fracasso daquilo que mais desejara para o ano que entretanto findava: um lugar no Departamento de Análise de Risco da empresa, para que andara quatro anos a tirar uma licenciatura à noite, e que viera a ser-lhe recusado. Interrompi a conversa e desliguei. Para dizer a verdade, eu próprio percebia que, em condições normais, o limite das suas capacidades era a peritagem, o que de um certo ponto de vista até já representava um salto significativo em relação àquilo que fazíamos os dois – e, pondo-me no lugar da administração, tinha de concordar que, rejeitando ele tão irredutivelmente a passagem para a seção de peritos, incluindo várias discussões aos berros e pelo menos duas ameaças de "um par de lambadas" ao diretor de Recursos Humanos, o simples fato de ser autorizado a continuar nas Apólices, mantendo o emprego e o modo de vida, já não era mau de todo. Havíamos tido suficientes debates desagradáveis nas últimas semanas, porém. Por agora, o tempo era de concórdia.

Tive a tentação de ligar também a Andreia, afinal uma das poucas pessoas a quem ainda talvez fosse lógico que desejasse feliz Natal, mas preferi enviar-lhe uma mensagem pelo telemóvel. Escrevi: "Desejo a todos um bom Natal, a vós e às respectivas famílias. Um abraço a cada. Miguel Barcelos", como se me dirigisse a um monte de gente ao mesmo tempo – e meti-me no metrô a caminho do Estádio da Luz. Mais tarde haveria de telefonar a Pedro, assim dando por praticamente concluídas as minhas cortesias natalícias.

Pedro. A primeira vez que o vira, oito anos antes, trazia um fato antracite de dobra ao fundo das calças, uns sapatos de biqueira quadrada, com tacão bem mais alto do que o normal, e uma camisa de um anil quase elétrico. Era tal a inocência que se desprendia do seu olhar, tal a sede e tal o encantamento por estar ali, a começar a vida de adulto entre outros adultos e homens de bem, que decidi de imediato gostar dele.

Já então brincávamos, eu e Alberto, aos velhos ratos de escritório, embora eu não tivesse sequer trinta anos e Alberto não houvesse passado ainda os quarenta. Dois únicos homens, à exceção do chefe ausente, num departamento onde abundavam as mulheres, ansiosas todas elas por provarem a si mesmas que conseguiam sobreviver num mundo programado para as desfavorecer, vínhamos cultivando há muito uma espécie de cumplicidade diletante, rindo dos debates domésticos que surpreendíamos nos telefonemas mais segredados, rindo de novo da tendência delas para as doutrinas de índole esotérica, de resto quanto mais tontas melhor, e rindo ainda de cada vez que o nosso mais pequeno gesto, a nossa mais inocente palavra e o nosso mais inadvertido suspiro eram tomados como nova prova do machismo, da grosseria e da má vontade dos homens em geral.

Até que chegou Pedro. Tinha uns vinte e dois anos, no máximo vinte e três – e tudo no seu aspecto parecia condizer com alguma coisa que nós próprios talvez tivéssemos sido, mas entretanto deixáramos de ser. Alberto, que não perdia uma oportunidade de exibir-se diante das mulheres, ainda investigou uma possibilidade de escárnio:

— Campônio do caraças. Gala-me o nó da gravatinha... Parece um vendedor de canivetes suíços, caneco! E que gaita de colete é aquele, pá? É impressão minha ou tem mais botões do que um vestido de noiva?

Mas eu olhei-o muito sério e pus desde logo termo àquilo:

— Deixa lá o rapaz.

Nessa mesma semana, fomos pela primeira vez almoçar os três juntos – e no próprio dia em que o fizemos as mulheres como que se eclipsaram, a empresa toda reduzida a nós apenas, à nossa camaradagem de balneário e aos nossos imediatos planos para tornar a exercê-la a cada segunda-feira, ao sabor dos resultados da equipe de futebol do Sporting. Primeiro, ainda estivemos ali quase uma hora, comendo praticamente em silêncio, sem trocar mais do que meia dúzia de informações passíveis de consulta nos perfis profissionais de cada um, de resto de fácil acesso na Intranet da empresa. Depois, e como se batesse com a mão na cabeça, ao lembrar-se enfim de uma coisa importante, Alberto perguntou, naquela sua sociabilidade tão trôpega, mas até por isso enternecedora:

— E clube de futebol, pá? Qual é o teu clube? Não me digas que és lampião, que eu levanto-me já daqui a correr e ficas tu com a conta para pagar...

E Pedro, com um sorriso de orgulho e inocência:

— Era o que faltava. Sou do Sporting, claro.

E assim começamos a nossa aventura: com um "claro" dito no momento certo, na conversa apropriada.

Havia já algum tempo que eu deixara de interessar-me especialmente por futebol, limitando-me a memorizar os resultados para não perder o fio à meada nos telefonemas do meu pai – e, aliás, não tenho a certeza de que algum deles ainda se interessasse muito também, até porque, apesar de eu e Alberto ainda discutirmos, aqui e ali, um gol irregular ou a contratação de um novo jogador, há anos que não passávamos um almoço inteiro a debater um impedimento só. Mas, embora limitando-nos de início a obedecer às mais básicas regras da convivência vigentes em qualquer país de futebol, demos por nós a agarrar com ambas as mãos aquela possibilidade de comunhão – e, desde esse dia, nunca mais deixou de ser o Sporting, os seus ocasionais sucessos e os seus persistentes desaires a povoarem as nossas refeições a três, tanto quanto as conversas que trocávamos por sobre as divisórias do departamento, eu e Alberto no mesmo conjunto de secretárias (na mesma "ilha", diziam os maduros dos Recursos Humanos) e Pedro no conjunto imediatamente ao lado.

Às vezes, Alberto disparava na direção de Pedro qualquer coisa como:

— Ó Vieira, tu espevita, pá. Mas acha vossa excelência que alguma vez nós éramos capazes de ir à luz ganhar, e mais ó diabo?

E logo acorria eu em socorro do miúdo, sempre um pouco mais confiante na força do Sporting do que qualquer um de nós:

— Veremos, Alberto, veremos. O fato é que o Pedro já teve razão antes...

Nunca Alberto o tratou pelo nome próprio: chamou-lhe sempre Vieira, como se pretendesse manter as distâncias, ou então fizesse questão de conservar entre nós uma certa atmosfera de caserna. De qualquer forma, chamava-me sempre Miguel a mim – e essa dualidade podia bem ter-se tornado um constrangimento.

Pedro, no entanto, não se aborrecia. Talvez nem notasse a sutileza, o que seria talvez a maior de todas as provas da sua bondade. De resto, e mesmo que tivesse consciência de que provocava ciúmes em Alberto, habituado durante tantos anos a ter-me só para si, nunca deu sinais disso.

Se cultivava comigo uma certa intimidade marginal, nem sequer era, julgo, por rever-se mais em mim. Acontece que lhe era demasiado difícil conversar com Alberto. O poder de concentração de Alberto não superava o de uma barata – e, além disso, a própria ideia de falar a sério, tratando-se de outro tema que não o Sporting (e mesmo assim, nem sempre), parecia-lhe incômoda.

No mais, não podia representar para Pedro outra coisa senão um modelo, Alberto. Era casado desde sempre com a mesma mulher, ao lado da qual vivia a mais clássica das vidas familiares, acorrendo com generosa solicitude às urgências dos pais envelhecidos e às necessidades serôdias dos filhos dependentes, fazendo muito poucos planos a dois e esforçando-se por, sempre que possível, juntar à mesma mesa a família toda, quatro gerações dela, incluindo o bebê ainda por nascer do filho mais velho, e que a namorada deste, sempre por perto, exibia como um penhor de futuro e de autoridade. Pensasse o que pensasse Pedro sobre o que de fato queria, era essa a vida que o fascinava e a que estava destinado – e, apesar de tudo o que se passou entretanto, de todos os solavancos com que veio a lidar nos anos seguintes, foi essa a vida que, consciente ou inconscientemente, continuou a perseguir.

Um dia, e pouco tempo depois de ter-se separado da primeira mulher, Carla, uma rapariga suburbana que conhecera no início da faculdade e com a qual vivera toda a sua vida adulta, chamou-me à parte:

— Vou-me casar outra vez.

Tinha conhecido uma segunda rapariga, com quem andara a dormir mais de seis meses ainda durante o casamento com Carla – e, quando percebera que se tratava daquela que queria, não demorara um instante a pedir o divórcio, apesar do caldeirão de emoções e tragédias que então tomou de assalto o seu cotidiano, com lágrimas e chantagens e acusações de falta de caráter e, sobretudo, um enorme sentimento de culpa da sua parte. Não tardei a render-me à sua coragem.

— Passaram-se só uns meses, eu sei — contou-me, então. — Mas é isto que eu quero e, portanto, não vale a pena esperar muito.

Pensei objetar, mas contive-me. Afinal, o que sabia eu da vida? O que teria a acrescentar de importante um homem de trinta e tantos anos, com dois relacionamentos longos em cima, e que, apesar de um deles até ter dado em casamento, em nenhum momento aceitara provê-los verdadeiramente de esperança, como se a simples ideia de duração, ou talvez de constância, lhe provocasse uma reação de pele?

Limitei-me a abrir as mãos:

— Se estás decidido, vai em frente.

Fui covarde, egoísta – e, se não o sabia já, não tardei a percebê-lo. Passado menos de um ano sobre o segundo casamento, já Pedro andava apático, desleixado no trabalho, com as propostas de apólices a acumularem-se em cima da mesa, muito pouca convicção nas justificações apresentadas à chefia, cada vez mais atenta ao seu reduzido desempenho, e nenhum interesse sequer nos resultados do Sporting, então a passar por uma fase menos má do que se tornara costume. Rita, com quem entretanto se casara, era tudo o que se podia desejar numa mulher: bonita, espirituosa, meiga. Assessorava o Departamento de Relações externas da Câmara Municipal, que a obrigava a trabalhar a desoras e a viajar durante dias seguidos para outras capitais europeias, onde depois passava eternidades em reuniões chatíssimas, a discutir geminações e parcerias inúteis – e, mesmo assim, não deixava de ter uma palavra bondosa para com ele, um carinho, um gesto de boa vontade, sempre que voltava a casa, descalçava os sapatos e ia encontrá-lo estendido no sofá, com um livro ou uma revista ao colo, já meio a dormir. Às vezes, beijava-o na testa, cobria-o com uma manta e deitava-se também, enroscada nele, num abraço prolongado. Outras, dirigia-se à cozinha, fazia-lhe um chá e duas torradas e sentava-se a vê-lo encher o sofá de migalhas, com um sorriso – e, se o telemóvel tocava, em resultado de algum assunto que ainda assim ficara pendente, apesar da longa reunião, recusava a chamada e punha o aparelho no silêncio.

— Mas não é a Carla, percebes? — dissera-me Pedro, num certo sábado em que me obrigara a levantar-me da cama para um café ao pé do rio. — Enganei-me. É tão simples quanto isso: enganei-me e, agora, arranjei-a bonita para toda a gente. Sou uma merda.

E eu não soube o que dizer-lhe, porque percebia que uma mulher amarga, complexada e arrivista, agressiva e globalmente imprópria, como na verdade era Carla, podia ser mais amável do que a mulher perfeita, assim tivesse uma história conosco, assim nos unisse a ela algo que a mais ninguém fosse acessível, assim fosse nossa como nenhuma outra.

E, porém, da mesma maneira que se decidira pelo divórcio, suportando com estoicismo a dor de uma perda cuja dimensão só depois viria a entender por completo, Pedro mantinha-se fiel ao novo casamento, o que de algum modo lhe servia de suprema punição sobre si mesmo. Embora não o tivesse dito nunca, eu já o percebera: deixara de considerar-se com direito à felicidade – e, contanto conseguisse manter Rita feliz ela própria, não voltaria a espalhar a dor à sua volta. E eu, que me apercebera de tudo logo de início, teimava em permiti-lo.

Telefonei-lhe do metrô. À minha volta, os lisboetas continuavam a carregar sacos e embrulhos e presentes coloridos e pesados, como se afinal não estivéssemos em recessão. Um Papai Noel demasiado magro, com a barba ocultando-lhe apenas parcialmente um nariz elegante, quase aquilino, passeava entre carruagens, com uma marca comercial qualquer inscrita nas costas e repicando um sino em direção a crianças e adultos. Vivia-se uma espécie de hipnose coletiva, a cidade toda levitando ao som daquele sino e daquela insuportável canção que nos acompanhava para todo o lado, na rádio e na música ambiente das lojas de roupa e nos altofalantes dos centros comerciais e até nas plataformas do metropolitano: "*Last Christmas/ I gave you my heart/ but the very next day/ you gave it away…*".

Pus uma voz jovial:

— Como estão a correr as férias, miúdo?

E ele:

— Está tudo bem. A Rita também meteu uns dias. Viemos até Coimbra, passar o Natal com os pais e a avó dela. Noventa e oito anos, imagina. Cada Natal pode ser o último…

Desejei-lhe feliz Natal, a ele e a Rita e à avó de Rita e aos pais de Rita e à população inteira de Coimbra. Depois fiquei ali, em silêncio, incapaz ainda de dizer-lhe aquilo que devia dizer-lhe: "Sai, Pedro. Sai depressa dessa casa. Telefona à Carla. Vai à procura dela, aqui ou no fim do mundo, que acabará por aceitar-te de volta." Até que ele, ao fim de alguns segundos de silêncio, e como se lhe pesasse sobre os ombros uma carga tremenda, muito superior à do seu próprio corpo, voltou a entregar-se ao delírio a que já nos dois Natais anteriores se entregara, e a que eu nunca devolvera um comentário:

— Achas que ainda podíamos acabar juntos, Miguel? Achas que eu e a Carla, por algum milagre, por um imponderável qualquer, ainda podíamos voltar a ser um casal?

E eu apenas:

— Não ouço, Pedro. Estou? Estou sim?

E logo a seguir, como se a má ligação não me deixasse outra alternativa senão abreviar:

— Bom, um feliz Natal, amigo. E um grande abraço.

E ainda, para que a conversa se desse de fato por terminada:

— Janeiro está aí à porta, Pedro. A ver se o Sporting ainda vos dá uma alegriazinha este ano, que assim nem sequer sombra nos fazem…

E, esforçando por rir-me, arrumei o telefone no bolso.

Talvez enquanto eu não respondesse, enquanto não desse por declarada a agonia, enquanto não reagisse de todo, aquela dor se mantivesse um pouco mais suportável para ele. Talvez enquanto eu não dissesse nada, ele não tivesse dito nada também – e, então, talvez nada daquilo fosse verdade, a sua dor, o seu tormento e o seu impossível dilema.

Cheguei à Luz já com a edição de *A Bola* lida do princípio ao fim. Afinal, a viagem de metrô acabara por durar mais de duas horas, em consequência de um suicídio ocorrido na estação de São Sebastião. Um homem pusera-se junto à linha que delimitava os movimentos dos passageiros, à espera da primeira composição – e, no instante em que o nosso comboio dera entrada na estação, simplesmente deixara-se cair, nem dando espaço ao maquinista para reagir. Relatos que ouvi depois indicavam tratar-se de um homem de meia-idade, formal e taciturno de gestos, vestido com uma gabardina bege, um cachecol e um chapéu de feltro. Mas os testemunhos divergiam: outros falavam num homem mais novo, de gabardina mas com a cabeça descoberta – e, aliás, um ar quase sorridente. Em todo o caso, ninguém podia agora apurar a verdade em absoluto: havia-lhe passado por cima uma série de vagões, fundindo-lhe o corpo e a roupa e os demais haveres numa só massa informe – e ainda por cima o comboio mantinha-se agora parado sobre tudo aquilo, à espera de uma deliberação das autoridades.

Saí da carruagem por alguns instantes, passeei-me um pouco pela plataforma, escutei os desabafos de senhoras em choque e de crianças amedrontadas e de uma série de espectadores ocasionais que, apesar disso, a si mesmos se julgavam protagonistas da história e estaquei em frente a um homem que gritava na direção de dois pedaços de lençol rasgado que a Polícia usara para cobrir alguns dos despojos daquele triste espetáculo:

— Filho da puta! Querias morrer? Atiravas-te da Ponte 25 de Abril. Tinhas de vir para aqui, interromper a circulação dos comboios e dar cabo da tarde a toda a gente?

E aumentando de tom, quase cuspindo:

— Cabrão de merda! Bom Natal para ti também, ouviste? Oxalá tenhas ido para o Inferno. Cabrão!

E atirou a garrafa de água que trazia na mão, já meio bebida, para cima do pedaço maior de lençol.

Cheguei a pensar sair da estação e apanhar um táxi, mas depressa reconsiderei: com o metrô parado, o trânsito estaria ainda mais difícil do que estava alguns minutos antes – e, além disso, mesmo por cima de nós ficava o El Corte Inglés, a mais dispendiosa e exibicionista de todas as gamelas consumistas da cidade, agora cheia de clientes de classe média carregadinhos de compras e ansiosos por chegar a casa depressa. De forma que me enchi de paciência, voltei para o meu lugar, sentei-me de perna cruzada e fiquei ali a ler o jornal, no meio da carruagem vazia, enquanto os curiosos continuavam a amontoar-se na plataforma, ao mesmo tempo desejosos de olhar lá para baixo e receosos de o fazer.

Aparentemente, e bem escrutinados os artigos relativos à atualidade benfiquista, incluindo interpretação das linhas e das entrelinhas, separação do trigo e do joio e distinção criteriosa entre as verdadeiras notícias, as simples especulações jornalísticas e as mensagens mais ou menos codificadas que dirigentes e treinadores e futebolistas e agentes sempre tentavam enviar-se uns aos outros através dos jornais da especialidade, o nosso técnico fizera em definitivo esgotar-se a paciência da administração da Sociedade Anônima Desportiva. Apesar de o Benfica se encontrar a escassos dois pontos do FC Porto, líder do campeonato nacional, havia entre os dirigentes um amplo melindre para com o empate da semana anterior, diante da Acadêmica de Coimbra. Desafiado a pronunciar-se pelos muitos jornalistas que o haviam cercado à saída da habitual reunião semanal do Departamento de Futebol, o presidente fora elucidativo: "Quero deixar aqui bem expresso o meu voto de confiança a toda a equipe técnica" – e, como eu bem sabia, votos de confiança dados em público, tratando-se de futebol, nunca significavam mais do que a iminência de um despedimento.

Na verdade, era para mim bastante difícil perceber que as coisas pudessem encontrar-se naquele ponto. Ao fim de uma semana em que uma autêntica onda de lesões varrera o plantel, deixando o patrão da defesa de muletas, o líder do meio-campo com um colar cervical e os dois atacantes mais importantes a recuperar de entorses na chamada tibiotársica, a equipe do Benfica apresentara-se em Coimbra ainda assim bastante combativa, determinada a coleccionar os três pontos postos em jogo e a partir para outra o mais rapidamente possível. Se não o conseguira, isso devera-se, acima de tudo, ao mau juízo de um dos árbitros assistentes, que já na reta final da partida havia persuadido o juiz principal a assinalar contra nós uma grande penalidade inexistente. No Sporting, um empate cedido nessas circunstâncias, principalmente com o gol adversário obtido nos últimos minutos, era coisa para equipe técnica e jogadores saírem do estádio em ombros, na qualidade de heróis. Já no Benfica, a cabeça do treinador estava em perigo, o que não deixava de fazer-me sentir um friozinho no pescoço.

Fosse como fosse, interiorizar a chamada mística benfiquista não podia nunca consumar-se sem os seus abanões – e o mais que eu podia fazer era ir queimando, uma a uma, as etapas competentes, assistindo a todos os jogos que pudesse, ao vivo ou pela televisão, acompanhando os treinos e as assembleias gerais, discutindo futebol com outros benfiquistas e, naturalmente, comprando todos os dias *A Bola*, essa instituição mais do que qualquer outra benfiquista, estatuto que, aliás, muito agradaria aos seus concorrentes terem sabido incorporar no momento certo. Por isso mesmo havia decidido dar um salto ao Estádio da Luz, a fazer tempo para o encontro com a dona de uma certa voz enrouquecida que desde as primeiras horas de amanhã me trazia preso de excitação e ansiedade. Para além do mais, os caprichos do calendário determinavam a realização de um jogo com o FC Porto dali a escassos três dias, vinte e seis de dezembro, ainda com os vapores da agitação natalícia por assentar – e, como não haveria tempo para outras preparações que não um leve desentorpecimento muscular durante a tarde de Natal, toda a estratégia ficava por definir ao longo do treino daquela própria quinta-feira, véspera de consoada, findo o qual os jogadores seriam libertados para as suas festas familiares.

Desembarquei na estação do Colégio Militar, mesmo ao lado do Centro Comercial Colombo, passava já das quatro horas. Olhei para o relógio e pensei dar meia-volta, apanhar de novo o metrô até ao Marquês de Pombal ou ao Rato e meter-me depressa em casa, para tomar um longo banho, fazer a barba e ficar ali a fumar sentado, à espera que batessem as sete da tarde. Entretanto, porém, espreitei sobre a Segunda Circular, conferi a fila de trânsito, que se estendia compacta em ambos os sentidos, e cheguei à conclusão de que, com a hora de ponta de tal forma adulterada pelo acidente no metropolitano, chegar a Campo de Ourique também não seria fácil. Dobrei o jornal, encaixei-o debaixo do braço e atravessei o túnel em direção ao estádio.

Também ali o afã das compras de Natal encontrara terreno fértil. Situados no centro das cidades ou nos subúrbios, sem um único estabelecimento à volta ou mesmo ao lado de um mega centro comercial, como era o caso, os modernos estádios de futebol haviam-se todos transformado, eles próprios, em *shopping centers*. Em Alvalade, onde a velha arena com anel de tartan em torno das quatro linhas dera lugar a um desses novos anfiteatros com relvado retangular no meio, havia agora de tudo um pouco: lojas de equipamento desportivo e restaurantes, cinemas e até uma clínica médica – tudo acomodado nas galerias sob as bancadas, um pouco apertado, mas ainda assim íntimo. Ali, na Luz, as coisas estavam mais dispersas – e eram gigantescas. Um restaurante de nome Catedral da Cerveja, quase tão imponente como uma catedral das verdadeiras, erguia-se poucos metros ao lado da águia que, na fachada principal do complexo, dava as boas-vindas aos visitantes, e de resto também ela colossal. Havia *stands* de automóveis e *health clubs,* uma *megastore* com camisas de futebol e até um monumental supermercado de aparelhos eletrônicos a preço de ocasião – e pelas portas de todos esses estabelecimentos entravam e saíam pessoas, todas carregadas com embrulhos também eles descomunais, cada uma delas com o ar sofrido e triunfante de quem conseguira, apesar de tudo, obter o seu quinhão na pilhagem, mas agora ainda tinha de empreender um longo e doloroso voo de regresso ao ninho.

    Dirigi-me a um segurança, um homem gordo e de bigode que tanto podia ser vigilante como taxista ou ladrilhador, mas que não podia nunca ser adepto de outro clube que não o Benfica:

— Diz-me onde é a porta principal do estádio, por favor?

Ele olhou-me com desprezo, como que dando-se conta de mais um pacóvio acabado de chegar da província para fazer-se fotografar junto à estátua de Eusébio, e pôs o ar mais arrogante que conseguiu arranjar:

— Não vê que o estádio está fechado?

E fungou com energia, como um juiz bate com o seu martelo.

Para uma certa categoria de pobres diabos, já se sabe, a arrogância revela-se muitas vezes uma ferramenta de enorme utilidade. Em Lisboa, pelo menos, é assim: uma pessoa pode ser modesta, ignorante e frágil, mas se puser um ar de superioridade ganha logo ascendente na relação com a pessoa em frente. Os ignorantes gostam de ser esnobes porque também eles respeitam mais os esnobes. Vêem um ignorante igual a eles, mas exacerbando maneirismos, e de pronto pensam de si para si: "este tipo, afinal, é seleto." Os ignorantes aprendem depressa a palavra "seleto". É outra das suas ferramentas para serem seletos. Ou esnobes.

Estive para responder-lhe: "Ganhe maneiras, homem de Deus", mas preferi um seco:

— Mas há um treino marcado para esta tarde.

Assim mesmo, sem entoação.

E ele, posto de súbito em sentido:

— Há, sim, mas no Seixal. Treinos aqui, só quando o rei faz anos.

— O último treino antes de um jogo com o FC Porto? — insisti, fechando ainda mais o semblante.

E pronunciei bem as palavras, como se tudo o que interessava nelas fosse agora a forma de dizê-las:

— Qualquer grande clube da Europa, como é da mais elementar lógica estratégica, treina no seu próprio estádio antes de um jogo importante.

E ele, dando-se finalmente por vencido, já procurando cumplicidade:

— É o clube que temos, senhor. Trabalho aqui todos os dias e há para aí seis ou sete meses que não vejo um jogador que seja…

Virei-lhe as costas sem agradecer.

Na verdade, era mais do que previsível o time estar fechado no centro de estágios, longe dos adeptos e dos jornalistas, como agora era moda. "Devias ter pensado nisso, Miguel. Hás-de ser sempre um campônio", censurei-me. E, ao fazê-lo, tive pena o pobre homem que acabara de humilhar.

Eram quatro e meia da tarde – e, ao ritmo a que a circulação continuava a processar-se na Segunda Circular, jamais estaria em casa antes das seis. De qualquer forma, nunca poderia assistir ao treino. Passei num quiosque do Colombo, comprei a edição antecipada do *Expresso*, que dedicava a capa natalícia a uma espécie de ABC da crise econômica global, em jeito de balanço do ano dois mil e dez, apenas mais um dos muitos anos desastrosos que nos haviam cabido em sorte, e voltei a descer para o metrô. Ainda pensei que talvez fosse oportuno telefonar para São Bartolomeu a desejar bom Natal. "Sempre ficava despachado...", ouvi-me a mim mesmo dizer, em voz alta. Mas depressa me dissuadi.

A mulher que me surgiu à frente, quando enfim fui abrir a porta, passavam onze minutos das sete da tarde, era diferente de tudo aquilo que eu esperara. Tinha uns olhos negros e resolutos, e tudo o mais na sua aparência combinava na perfeição com esse aspecto definitivo de quem em todas as circunstâncias faz da vida uma coisa séria, sem uma pausa, sem uma hesitação. Relativamente baixa e vestida com um conjunto azul-escuro quase colado à pele, num intrincado jogo de curvas e requebros apenas interrompido pelos saltos pontiagudos dos seus sapatos transparentes, e que a quem olhava de longe pareciam feitos de vidro, esforçava-se por parecer mais velha do que de fato era, amaneirando gestos e poses que a frescura do rosto traía com abundância. Mas em nenhum momento perdeu a compostura – e, quando a porta se abriu, deixou cair de leve a cabeça para trás, abriu um pouco mais os olhos, a avaliar-me, e depois acenou com veemência, pedindo licença, ou talvez ordenando que se abrissem alas, para entrar num espaço que sem dúvida lhe pertencia.

Manteve-se calada durante bastante tempo, como se o próprio ato de falar estivesse para além das suas responsabilidades – e a sucessão de ocorrências que se esforçou por desencadear nos trinta minutos subsequentes, primeiro como que surpresa pela minha estupefação, depois quase conformada por ter de arrancar-me à inércia, não é fácil de descrever assim, com palavras apenas. Mesmo agora, neste momento em que a recordo, sou assaltado por um persistente calafrio que me nasce ao fundo das costas e me percorre a espinha, fulminante, como se brotasse das profundezas e se erguesse no ar, desafiando-me com a sua alegria e a sua imundície. No momento em que estalei o trinco da porta, e enquanto tentava ainda perguntar-me quem era aquela mulher, por que me telefonara e o que afinal queria de mim, ela deixou cair o casaco, pousou a pasta com um gesto negligente, descalçou os sapatos um no outro, sem sequer lhes tocar com as mãos, e dirigiu-se à sala com a autoridade de quem a conhecesse desde sempre. Depois, voltou-se para trás, esperou um pouco, encheu o peito de ar, soltou a camisa do cós da saia e abriu os três botões de baixo, um de cada vez. A seguir, tornou a esperar um pouco, arqueando as sobrancelhas – e, então, como eu continuasse ali estático, encostou-se finalmente a mim, à espera de ser persuadida a abrir os botões que permaneciam fechados: tudo com a naturalidade de uma velha concubina que tem de amar depressa porque, entretanto, outros afazeres a aguardam.

 Eu continuava atarantado, procurando situar-me no meio daquela farsa – e, incapaz de evitá-lo, olhava e tornava a olhar para a janela, certificando-me de que ninguém estava a ver ou, estando-o, me dissesse que não tinha enlouquecido, que aquilo acontecia mesmo, que bastava esperar um pouco e logo compreenderia tudo. Quando a mulher me encostou à parede e me segurou com ênfase os testículos, no entanto, percebi que tinha uma ereção. No momento em que me beijou, melando-me por completo os lábios, com a língua enfiada bem fundo na minha boca, senti um tal ardor percorrer-me o baixo ventre que por pouco não me vim de imediato. E, tão cedo me abriu a braguilha, me puxou as calças para baixo e me passou a língua ao longo do pênis, do princípio ao fim e depois outra vez ao princípio, desemaranhando com cuidado os pêlos que se eriçavam de surpresa e de desejo, agarrei-me à ombreira da porta da sala, lancei a cabeça para trás e deixei-me conduzir ao quarto.

Às oito em ponto, a mulher focou os olhos negros, consultou à pressa o relógio, saltou da cama com energia e começou a vestir-se de baixo para cima, primeiro as meias de *lycra* brilhante, depois a calcinha metálica, a saia azul, e assim por diante. Ainda atordoado, levantei-me para apertar-lhe o sutiã – e, quando sentiu a minha respiração junto à nuca, ergueu com a mão esquerda a cabeleira castanho-escura, enquanto continuava a olhar o espelho e, com a direita, ajeitava os seios. Foi então que me dirigiu as primeiras palavras desde que entrara naquela casa e, aliás, ainda não eram sete e meia da manhã, me telefonara para combinar comigo um encontro "às sete". Fê-lo na mesma voz firme e irrevogável que eu escutara durante o telefonema, mas desta vez com a respiração mais solta e serena, revelando sob a ligeira rouquidão uma nova camada de sensualidade ainda.

— Sabe, tenho uma amiga...

E eu, interrompendo-a:

— Uma amiga?!

E surpreendi-me com o tom das minhas palavras, cujo significado mais profundo, aliás, me escapava.

A mulher torceu o pescoço para mim, semicerrou os olhos, numa expressão de espanto, e depois virou-se decidida para a frente. Num ápice, abotoou a camisa, compôs o colarinho, olhou-me uma última vez e deixou o quarto. Ainda a ouvi cirandar um pouco pela sala, recolhendo a pasta, os sapatos e o casaco. Mas depois o estalido do trinco selou o vestíbulo – e o silêncio voltou a abater-se sobre a casa.

Não sei ao certo quanto tempo estive ali estendido, de barriga para baixo e abraçado à almofada, o olhar fixo no puxador metálico da mesa de cabeceira, abstraindo-se dele e logo reencontrando-o, maravilhado. A verdade é que só recuperei em pleno a consciência quando senti um ligeiro arrepio sobre o tronco nu e ganhei coragem para conferir as horas. Passavam vinte minutos das nove. Pensei: "e agora, fico aqui ou saio para jantar?" e, todavia, tudo o que queria era permanecer naquele lugar, em silêncio, saboreando os calores que continuavam a emanar daquela cama, o cheiro a sexo que se desprendia dela, a mansa solidão que agora se apoderava daquele quarto, daquele apartamento, daquela cidade.

Tudo naquela noite me parecia ainda difícil de decifrar, da identidade da mulher à forma como obtivera o meu número de telefone, da incerteza de um novo encontro às verdadeiras razões por detrás daquela exibição de voracidade. Em todo o caso, e sendo pelo sexo, então talvez ela pudesse voltar, pensei – e por momentos lamentei não ter corrido atrás dela, a perguntar-lhe o nome, a pedir-lhe um número de telefone, a indagar onde poderia procurá-la. Independentemente de tudo o mais, do seu ligeiro tom de ressentimento precoce, do seu aspecto algo deprimente de jovem executiva em ansioso instante de ócio, mesmo do tom mandão com que entrara naquela casa e se apossara dela – e se apossara de mim –, a mulher sabia o que fazer até no mais insignificante momento da fornicação, quando acelerar e quando parar para recuperar o fôlego, onde tocar e no que não mexer nunca, como arrancar maior prazer de si mesma, como arrancar maior prazer de mim e como recombiná-los aos dois num prazer só, de maneira a ampliar ainda uma última vez a indecência dos nossos dois corpos abraçados.

Robusta, parecia mais real do que Andreia, por exemplo – e, para além disso, entregava-se com uma tal mestria, com uma tal determinação, que a volúpia do seu corpo dobrava os limites do sensível. Mesmo agora, que já desisti de sistematizar aquela meia hora que passamos juntos antes de, pela primeira vez, nos afundarmos em almofadas diferentes, não consigo deixar de recordar a maneira compenetrada como me preparou o membro, depois se despiu por completo, com o cuidado de não deixar sobre o corpo um só pedaço de tecido, uma jóia, um brinco que fosse, e, após um momento de expectativa, em que pareceu interrogar-me sobre a existência de tal artigo naquela casa, puxou da própria bolsa para munir-nos de um preservativo. Fê-lo primeiro com um pormenor tão grande, uma competência tão meditada, verificando e voltando a verificar o estado da borracha, que cheguei a sentir-me como uma criança num consultório médico, assustada com a simples ideia das seringas. Depois, assumiu de novo o papel de puta, lubrificando-me o pênis com os lábios, uma vez e outra, e outra ainda. Mas logo a seguir voltou a dobrar-se sobre as minhas virilhas e desenrolou a borracha em torno dele com uma destreza cálida, quase maternal – e então, sim, galgou para cima de mim, fechou os olhos, ergueu o queixo e pôs-se a subir e a descer sobre o meu ventre, num ritmo triunfal, quase uma apoteose, com a planta dos pés assentes com firmeza sobre o colchão e o ar convicto de quem enfrenta uma espécie de inevitabilidade, ou talvez tenta tirar o melhor partido possível de uma coisa primordialmente desagradável.

Mais do que das intenções daquela mulher, na verdade, era ainda do gozo que eu me ocupava quando, devagar, me ergui sobre os lençóis e me dirigi ao banheiro, para beber água, tomar um banho e voltar depressa para a cama. Bem vistas as coisas, não precisava de sair de casa: tinha cigarros suficientes, tinha um monte de pacotes de pipocas semicozinhadas no armário, prontos apenas a enfiar no microondas – e, sobretudo, tinha a memória daquela noite enlouquecida e a possibilidade de ficar ali, em silêncio, esquadrinhando o curso dos acontecimentos, averiguando o mais impenetrável sentido de cada evento.

Devagar, apanhei as cuecas do chão, atirei a camisa para cima do braço da cadeira e procurei os chinelos sob a cama. Lavaria a cara e mais nada: manteria aqueles cheiros vivos por quanto tempo fosse possível, prolongando a sensação de impureza que me provinha dos sovacos, das curvas das pernas, das virilhas. Amaria aquela mulher toda a noite – e, então sim, talvez percebesse quem ela era: um anjo enviado para me resgatar ou um demônio incumbido de me levar prisioneiro. Em qualquer dos casos, sentia-me pronto a segui-la.

Foi quando deixei o quarto e estiquei a mão sobre a mesinha do *hall*, para erguer as chaves e trancar em definitivo a porta de casa, que senti a realidade desabar-me sobre a cabeça. Ao centro, entre três livros amontoados e o cinzeiro hermético que Andreia me oferecera num aniversário ocorrido algures a meio do nosso tempo de delito, estavam agora quatro notas de cinquenta euros abertas em leque. Podia vê-las dali mesmo, castanhas e autoritárias – e de repente o chão como que se me fugiu debaixo dos pés. Aquela mulher estava a comprar-me. Mais do que a comprar-me: estava a prostituir-me. Duzentos euros, aparentemente, era quanto eu valia. E, quando olhei para o espelho, dando por mim do outro lado, batia na minha própria testa com a palma da mão direita aberta – batia e voltava a bater, como se, mesmo querendo, não fosse capaz de parar de fazê-lo.

Terceira Parte

O Benfica x FC Porto acabara sem história, com um desconsolado 0 x 0 persistindo até ao final no marcador eletrônico – e, quando árbitro apitara para o fim da partida, os jogadores haviam disparado todos na direção dos balneários, em grande correria, como quem mal pode esperar pelo regresso à companhia da família e das rabanadas. A dado momento da segunda parte, o FC Porto investira com alguma intenção sobre o chamado último reduto benfiquista, atirando por duas vezes à trave, e em ambas eu fora assaltado pelo secreto desejo de que a bola entrasse. Julgo que, mais do que ver o jogo sofrer um safanão, ocorrência de comprovadas vantagens para a espetacularidade de partidas daquela natureza, tinha curiosidade sobre como receberiam os meus novos companheiros uma derrota e até que ponto seriam capazes de amá-la. Para dizer a verdade, tinha ainda uma maneira bastante sportinguista de viver o Benfica, o que não deixava de ser irônico.

A executiva dos sapatos de vidro voltou a ligar menos de uma semana depois. Ouviu-me atender do outro lado da linha, fez um compasso de espera, gerindo o silêncio e a sua própria ascendência sobre mim, e depois disparou, no mesmo tom seco e rouco da primeira vez:

— Às sete?

Olhei para a janela: Lisboa lá fora, à espera ainda da luz do dia, mas consciente já de que tudo não passaria novamente de uma amálgama de sombras, apenas mais uma amálgama de sombras no inverno mais rigoroso e longo de que eu tinha memória, começado muito antes do tempo e determinado a acabar muito depois do tempo também. Pensei: "estou a imaginar coisas. Isto não pode estar a acontecer como me parece que está a acontecer" – e, todavia, quando voltei a dar por mim, já estava a anuir, tal como da primeira vez:

— Às sete.

E então, como da primeira vez também, ela desligou com secura o telefone, sem um comentário, sem uma despedida, sem nada.

Fiquei ali, a olhar para o aparelho – e, em vez de começar de imediato a censurar-me por ter tornado a responder daquela maneira, decidi ligar a Alberto. Se realmente alguém informara aquela mulher das minhas coordenadas, ou então inscrevera algures a minha morada e o meu número de telefone, indicando estar ali disponível algum tipo de operário sexual (foi essa mesmo a expressão que me ocorreu, operário sexual, como se o eufemismo ainda pudesse redimir-me), não podia ter sido outro senão ele. Era capaz de um sentido de humor bastante retorcido, Alberto – e, ainda por cima, no ponto em que as coisas estavam entre nós, não lhe seria assim tão difícil deixar descambar a mágoa para o mau gosto. Fosse como fosse, eu pretendia deixar-lhe bem claro que a brincadeira tinha limites.

Atendeu-me com toda a naturalidade:

— Então, pá? Já estás com saudades, é, meu lâmpio de uma figa?

E depois, como se aquele telefonema não pudesse ter outro propósito senão o de dar por sanado o nosso conflito, autorizando-nos a ambos a retomar a nossa velha relação:

— Sabes, estive a pensar e cheguei à conclusão de que, mesmo não o sabendo, tu sempre foste benfiquista. Não sei, há alguma coisa dentro de ti que é benfiquista... Falta-te a esperança.

Disse-o como se o declamasse, e o que havia no seu tom era o sarcasmo de sempre, nem mais nem menos, como se na verdade já estivéssemos bem – ou pelo menos estivesse eu bem, o que em todo o caso chegava para manter o *status quo*. Afinal, não fora nunca de outra forma: eu a viver a vida que ele tinha a certeza que gostava de viver, ele a viver a vida que talvez alguém pensasse que eu precisava de viver – e, no entanto, os dois avaliando ainda a lógica de tudo isso, a utilidade de tais ponderações, a irrevogabilidade de cada solidão.

Da primeira vez que me dei conta da sua existência, já trabalhava na seguradora há quase um ano e meio. Colocado no *call center*, entrava e saía a desoras, com turnos que tanto podiam ir das duas da tarde até bem depois do jantar, como começar de madrugada e acabar de madrugada também, tais fossem as conveniências do serviço. Naturalmente, levei bastante tempo até encontrar uma rotina social adequada à função. A minha vida estava então confinada àquilo: a um telefone pendurado ao ouvido e à desolação das quatro paredes de plástico que me separavam de outros jovens licenciados a caminho da frustração eterna. Até que, a meio de uma ação de formação qualquer, realizada ao longo de um daqueles fins de semana aborrecidíssimos em que uma empresa se enfia toda num hotel, com ordens para trocar sorrisos e promover aquilo a que as administrações gostam de chamar *team-building*, senti um toque no ombro:

— Foda-se, até que enfim um camarada, no meio desta galinhagem toda. Tu és do *call center*, não és? — perguntou-me o grandalhão de voz trovejante e cabeleira farta que de repente se erguia lá no ar, mesmo por trás de mim.

E abrindo os braços, após um brevíssimo instante em que pareceu conferir a minha receptividade:

— Ouve lá: e se cagássemos nesta cena do *coffee break* e fôssemos antes ao bar lá de cima fazer um *whiskey break*?

Disse "uisquéi", com o "e" bem vincado, para deixar bem expresso quem era e o que o movia na vida. Foi apenas a primeira mania com que me confrontou, no decurso daquela tarde. Em pouco tempo, haveria de arranjar maneira de falar-me também dos seus charutos e das suas canetas de tinta permanente, dos seus casacos de pele e até dos seus SPA, essa moda que então surgia para distinguir em definitivo a "qualidade de vida" do que mais pudesse haver. Quase tudo nele era estética e, em simultâneo, autojustificação. E eu, em vez de deixar-me repugnar com isso, dei por mim a enternecer-me com o aparato da sua generosidade.

Bebemos vários "uisquéis" ao longo daquela tarde, faltando escrupulosamente a cada uma das atividades agendadas para o resto do dia – e depois ainda fomos beber uns quantos ao jantar, sentados numa mesa ao canto do restaurante do hotel, já alcoolizados, enquanto ríamos dos sorrisos tontos das secretárias e das recepcionistas e até das chefes de equipe que, para sua infinita e indisfarçável delícia, se sentavam durante aquele fim de semana na mesa dos diretores, usufruindo da intimidade deles.

De cada vez que o empregado se aproximava de nós, perguntava, ele próprio já com um sorriso nos lábios:

— Mais um? "Irlandês, que para zurrapas já temos o vinho que a empresa oferece", não é assim?

E Alberto, de copo no ar, a má dentição demasiado à vista, lá repetia a ladainha com que se apresentara, que já debitara uma dúzia de vezes ao longo do dia e que, apesar disso, tornava a entoar a cada oportunidade, sempre com o mesmo brilho com que a recitara da primeira vez:

— Irlandês, que para zurrapas já temos o vinho que esta gaita desta empresa nos oferece!

Embebedara-me num ápice, mas isso era o menos. Brincar ao Statler e ao Waldorf, temperando o azedume com uma pontinha de misoginia – está bem: com um monte de misoginia –, veio a verificar-se a única coisa divertida de todo o fim de semana. Acabamos a assistir pela televisão a um jogo do Sporting, sentados num bar vizinho do hotel, uma daquelas coisas de inspiração britânica, cheia de televisões e de camisas de futebol autografadas e de torneiras de cerveja – e, como o Sporting parecia então a caminho da sua primeira vitória no campeonato após quase vinte anos de frustração e de cobiça, ficou desde logo claro que, mais do que compinchas de escritório, ou mesmo parceiros de sofrimentos futebolísticos, seríamos amigos.

Vimos juntos uma série de jogos dessa temporada, alguns dos quais em pleno estádio, onde Alberto mantinha um lugar cativo que herdara do pai (e este do pai dele). Durante a semana, e sempre que os turnos mo permitiam, almoçávamos na mesma mesa, com ou sem outros convivas presentes. À noite, e depois do jantar, ele ainda me telefonava – e então ainda ali ficávamos a falar durante um bocado, regra geral sobre as mais improváveis das suas muitas obsessões.

Começava ele:
— Sabes, pá, acho que vou processar a Câmara Municipal.

E eu, a boca já a contorcer-se num princípio de escárnio:
— Ó diabo. A Câmara também? Por quê?

Ao que parecia, os homens que se ocupavam da recolha do lixo, sempre desleixados na forma como manuseavam os caixotes lá da rua, tinham-lhe partido um farol ao carro, um *Mercedes-Benz* grandalhão que comprara já um tanto cansado, na expectativa de que um dia se tornasse um clássico. Mas, se não fosse esse o problema, haveria de ser outro qualquer. Alberto gostava de processar pessoas e gostava de processar instituições, assim como gostava de participar em sorteios, de ter bem controladas as promoções e os saldos, de comprar objetos a prestações e de aproveitar as borlas de lançamentos e demais épocas festivas. No fundo, era tão pelintra como eu. Mas fazia questão de exercer aquilo que entendia por gozar a vida – e nenhum expediente era expediente demais para garantir um momento de deleite e *glamour*. A sua manhã ideal de sábado incluía uma ida à piscina, uma sauna, uma sessão de manicure e, enquanto esperava pela hora de almoço, um prolongado *habano*. Não eram da melhor qualidade, os seus charutos, mas também não eram maus de todo. Um amigo comissário de bordo trazia-lhos de Cuba, a preços módicos. E, quando Alberto se sentava a fumá-los, com o bigodinho malandro espreitando por detrás de uma cortina de fumo, era quase feliz, apesar da fome no terceiro Mundo, da tragédia do aquecimento global, da sua conturbada situação familiar e mesmo do pequeno caos financeiro com que, pelo caminho, de algum modo a ia agravando.

— Qualidade de vida... — suspirava, ao tirar a primeira fumaça.

Perdi a conta às vezes que, ao longo destes mais de dez anos, lhe ouvi essas palavras, aliás ditas dessa mesma maneira, num suspiro de comprazimento: "Qualidade de vida...".

No liceu, acontecera-lhe aquilo que talvez todos tenhamos sonhado um dia que nos acontecesse a nós: apaixonara-se pela professora de Inglês e, para cúmulo, vira o seu amor correspondido. Alberto tinha então dezesseis anos, Margarida trinta e três – e era uma brasa. Os dois haviam vivido um caso tórrido durante um inverno inteiro, ela no papel de iniciadora, ele no de aprendiz. Ao fim de alguns meses, porém, a doutora engravidara – e, apesar de tudo aconselhar o contrário, decidira ter a criança e proporcionar-lhe a ele a oportunidade de ser o pai dela. O caso fora gerido com pinças durante mais de um ano, com a cumplicidade dos pais dele, até Alberto atingir a maioridade. Nenhum professor, nenhum aluno e nenhum amigo da família sequer sonhava com o que se estava a passar. Até que ele completara os dezoito anos, o risco de um escândalo passara para segundo plano – e os dois haviam podido casar.

Talvez se possa dizer que, quando nos conhecemos, Alberto já não via a mulher propriamente como uma esposa. Quem tinha o ensejo de juntar-se-lhes num almoço ou num jantar de família, e sobretudo se incluídos como comensais os pais dele, o pai já viúvo dela, muito envelhecido, e mesmo a quase centenária avó dele, recuperada uma vez por semana ao lar onde residia há quase trinta anos, percebia-o de imediato: feliz ou não, o casal ia-se desequilibrando cada vez mais na idade e Alberto tratando Margarida com uma crescente dose do mesmo paternalismo que dispensava aos restantes idosos presentes.

Dizia-lhe:

— O que é que queres, Melro Preto? Dá cá um beijo ao teu marido, Melro Preto!

E na sua voz parecia haver tanto de ternura como de chacota, embora ele talvez julgasse que se tratava apenas de bom humor, e se calhar ela também, embora seja mais difícil acreditar nisso.

Depois, quando íamos ver o Sporting ao estádio e eu passava por casa dele a apanhá-lo, acabando sempre por subir para cumprimentar Margarida, os dois entregavam-se a um pequeno jogo de despedida que parecia brincadeira, que soava a brincadeira, mas que também podia ser um pouco mais do que brincadeira.

— Estás-te sempre a ir embora — lamentava-se ela.

— É para poder voltar, Melro Preto! — respondia-lhe ele, com um ar travesso.

E logo, abrindo o seu sorriso franco e gesticulando muito, como se estivesse no teatro:

— Venha daí um beijo, Melro Preto!

— Não dou. És mau.

— Tu não estás a perceber, Melro Preto. Tu, ao teu marido, não lhe dás um beijo: restituis-lho!

Então, ela rasgava um sorriso enorme, beijava-o muito, dando por terminado o jogo – e nós saíamos os dois, divertidíssimos, deixando-a ali sem ele, sem os filhos, quase sempre ausentes para os habituais regabofes da juventude, e sem os idosos da família, todos eles aliás a dormir à hora a que, de há uns tempos para cá, se passou a jogar futebol em Portugal. Ninguém me tirava isso da cabeça: a velhice de Margarida estava a começar ali, na maneira como o marido se despedia dela, muito mais do que na sua idade intrínseca.

De qualquer forma, era dado a frases de efeito, o meu amigo. Um dia, e ainda no início da nossa amizade, perguntou-me porque é que eu não tentava relacionar-me um pouco mais amigavelmente com o diretor do *call center*, a ver se ele me ajudava a conseguir uma transferência para o Departamento de Apólices, onde o trabalho era mais adulto e eu sempre dispunha da sua companhia. Respondi-lhe:

— Não sei, Alberto. Não sou de andar a lamber botas.

E ele, fechando o rosto, com uma condescendência decidida que, em boa verdade, lhe assentava bem:

— Ouve, miúdo: nesta vida, temos sempre de lamber botas. A verdadeira liberdade está em escolher as botas que se lambe.

E esticando um dedo na minha direção:

— O Rocha é um tipo decente. Lambe as bota dele, que é para depois não teres de lamber outras piores.

Tempos mais tarde, quando eu já partilhava com ele uma ilha nas Apólices, transferência que o dito Rocha se empenhara pessoalmente em proporcionar-me, aconselhou-me a esquecer os pruridos quanto a vender apólices a clientes que jamais precisariam delas. As pessoas queriam sentir-se seguras, explicou-me – e era para isso que nós estávamos ali: para vender a segurança e a ilusão da segurança, dois bens de tão igual importância que era mesmo difícil discernir qual de entre eles era o concreto e qual era o ilusório. Além do mais, quanto mais apólices eu vendesse, mais comissões ganhávamos os dois, tanto eu como ele, pois os prêmios eram coletivos.

— Portanto, achas que devo vender-me só pelo dinheiro… — objetei.

E ele, irando-se:

— Chiça, pá, mas será que eu ainda não te ensinei nada? Preferias vender-te por quê? Por sorrisos? Por palmadinhas nas costas?

E depois:

— Eu cá só me vendo por dinheiro. Não vejo mesmo outra coisa por que possamos vender-nos, com um mínimo de dignidade, senão por dinheiro.

E depois ainda:

— Tu trabalhas em seguros, miúdo. Em seguros! Portanto, ou te livras já dessa coisa a que talvez chames princípios, então ou tens uma vida muito complicada pela frente.

Infelizmente, não se deu bem com a sua filosofia. Apesar da profunda ironia com que fazia a corte aos chefes que selecionava, nem sempre doseava como devia o tom aplicado, acabando às vezes por parecer um tanto sabujo. Para além de tudo, bebia de mais – e, como o mais leve cheiro a álcool logo amplifica o mínimo sinal de subserviência, acabara por tornar-se um pouco o bobo do departamento. Por isso mesmo, e apesar do esforço com que conseguira a licenciatura em Gestão e Administração de empresas, de resto obtida em menos tempo do que aquele que os dois filhos, com quem ainda viera a cruzar-se nos corredores da universidade, haviam levado a concluir os respectivos cursos, não conseguira o lugar na Análise de Risco.

— E, pronto, está visto: escolhi mal as botas a lamber — dissera-me, sem tentar sequer disfarçar a amargura, pouco antes desse outono em que eu decidira mudar para o Benfica.

E depois, desconversando, ao ver passar Andreia com uns papéis na mão:

— Tu é que escolheste bem as botinhas em que andas às beijocas. Deve ser pouco doce, o pezinho da menina, ah, pois deve…

Era um herói romântico, Alberto. Mas talvez não tivesse malícia suficiente para brincar aos proxenetas, permitindo que de alguma maneira uma executiva viciosa tivesse acesso à minha morada e ao meu número de telefone. E, se a houvesse tido de início, não era de certeza homem para persistir na brincadeira depois de dar-se conta do quanto ela acabaria por inquietar-me.

As razões por que a executiva dos sapatos de vidro voltava a telefonar-me, dispondo-se a pagar-me duzentos euros por mais trinta minutos de sexo, portanto, continuavam para mim um enigma. E esse enigma podia ser inquietante, mesmo odioso, mas era também mais divertido do que o que quer que eu tivesse vivido nos últimos tempos.

O escritório continuava quase vazio. Alguns dos colegas com famílias mais extensas, habituados a privilegiar o Natal em relação ao Ano Novo, tinham regressado ao trabalho, mas entretanto os solteiros que haviam trabalhado na semana anterior tinham zarpado todos, a caminho das suas farras excessivas e das suas amizades fulminantes e das suas bebedeiras monumentais ao lado de rapazes e de raparigas de cujos nomes não se lembrariam na manhã seguinte.

Eu, pelos vistos, não encaixava em nenhuma das categorias. Tirava sem exceção quinze dias de férias no início de setembro, altura em que voltava a São Bartolomeu sob o pretexto de assistir às festas da freguesia – e, quanto às restantes duas semanas e meia a que tinha direito, tentava fazê-las coincidir com os grandes picos de trabalho, optando quase sempre pelos meses de fevereiro, em que desatava tudo a fazer apólices de viagem para as escapadinhas de primavera ao outro lado do mundo, e o início de dezembro, em que discutíamos longa e aborrecidamente o plano de *marketing* para o ano seguinte. De resto, e nos períodos mortos, como eram o Natal, a Páscoa, o Carnaval ou os feriados de junho, continuava ao serviço, fingindo-me ocupado no caso de haver demasiados diretores presentes ou nem me preocupando com isso se, em vez de diretores, a casa tivesse ficado por conta dos coordenadores.

Nessa manhã, demorei-me bastante a agrafar folhas soltas e consegui não fazer mais nada. Ainda pensei estudar por alguns minutos a tabela de prêmios a aplicar a partir de 1 de janeiro, de forma a não ter de passar depois um mês inteiro a trocar palpites com a maralha, mas faltou-me a curiosidade. Assim como assim, e com as taxas de juros a subir, o emprego a cair aos trambolhões e a inflação estagnada, o mais natural era que as mudanças fossem sutis.

Tanto quanto eu conseguia perceber, o mundo entrara em delírio com o desenvolvimento da informática e da Internet e desatara a criar bolhas especulativas pelos ditos mercados satélites. Entretanto, na América como um pouco por todo o chamado mundo ocidental, tipos como eu, pouco mais do que maltrapilhos, haviam metido na cabeça que estavam ricos, comprando mais apartamentos e casas de praia e cabanas de fim de semana do que aquilo para que deviam sequer olhar – e o resto era uma interminável lista de neologismos como *subprime e swaps* e *shadow banking system*, que não usávamos no meu tempo de faculdade e, agora, com toda a franqueza, eu já não tinha energia para tentar perceber. Fosse como fosse, estávamos falidos. E, enquanto eu tivesse emprego, tinha também cada vez menos trabalho, o que não deixava de ser bastante consolador.

A caminho do almoço, passei junto ao Departamento de Contabilidade e olhei através das vidraças. Andreia não estava lá nem devia regressar tão depressa, uma vez que tinha a secretária impecavelmente arrumada e o rato do computador repousando sobre o teclado, com o próprio fio enrolado à volta. Apesar de tudo, ter-me-ia agradado encontrá-la ali, mesmo que apenas para poder escapar-lhe, se entretanto ela já tivesse abandonado a tática da chantagem. Depois de tanto tempo a censurar-lhe em silêncio a infidelidade, esforçando--me por ignorar o privilégio de ter sido eu próprio o grande beneficiário do seu crime, não conseguia evitar por completo sentir alguma ternura por ela.

Em todo o caso, podíamos ter sido tudo, ao longo da nossa estação de pecado, menos cúmplices. Um homem com uma ereção é perfeitamente capaz de ausentar-se das suas emoções. Mesmo um homem casado pode ser infiel à sua mulher e, no entanto, amá-la sem reservas. Já uma mulher adúltera não ama o seu marido. Pode gostar dele. Pode sentir piedade dele. Pode estimar a vida que os dois têm juntos: as rotinas, os objetos, os lugares, os cheiros, as pessoas. Mas pode viver sem eles também – e, pior do que isso, sabe-o bem. Andreia sabia-o quando abriu essa porta – e, agora que chegara a altura de procurar o caminho de regresso, tinha de fazê-lo sozinha, por muito difícil que isso viesse a revelar-se. Pelo menos de início, eu não fora mais do que um instrumento para a sua desgraça.

Dei um salto ao sexto andar, passei pela sala de espera da Administração e apanhei os jornais espalhados sobre a mesinha ao centro. Podia fazê-lo todos os dias, a qualquer hora do dia, que em qualquer circunstância eles estariam ali, intocados como virgens. Não que me interessasse mais pelo mundo do que o português seguinte. No ponto da vida em que me encontrava, nem o genocídio no Sudão, nem a ameaça nuclear iraniana, nem os terramotos nas Caraíbas, nem a ascensão econômica da China, nem sequer o inusitado ofício da presidência dos Estados Unidos da América por parte de um negro exerceriam talvez sobre mim um fascínio mais do que, digamos, cinematográfico. Simplesmente, talvez ainda não me tivesse morrido por completo a curiosidade, ou o voyeurismo, ou o que fosse. E que nenhum dos milhares de portugueses de todas as idades e níveis de rendimento, de todas as raças e graus de instrução com que todos os dias me cruzava, entre o trabalho, os transportes públicos e as minhas deambulações solitárias por Lisboa, alguma vez se dispusesse a pagar um euro por um jornal, ou mesmo a folhear um gratuito, estando eles à disposição de toda a gente, por exemplo, nas empresas onde trabalhavam, já era para mim uma prova não apenas de que a longa tradição da imprensa se encontrava no seu crepúsculo, como lamentavam os românticos, mas também de que as pessoas conseguiam de fato ocupar a cabeça com nada, mas nada mesmo, o que sobre tudo o mais me enchia de inveja.

Cheguei ao restaurante, o mesmo onde almoçávamos dois terços das vezes, eu, Pedro e Alberto, e pedi um prato do dia e um copo de vinho. Levantei os olhos sobre as mesas, a conferir se estava a sós, sem necessidade de fazer conversa com algum colega tresmalhado, e não avistei mais ninguém conhecido senão um tipo dos Recursos Humanos, por aqueles dias o único a trabalhar em todo o departamento. Chamava o empregado com a mão bem esticada no ar, num gesto afetado, e quase me detectou. Virei-me um pouco de lado e comecei a abrir os jornais à direita do prato, de forma a que pudesse pelo menos argumentar não tê-lo visto ao entrar.

No decurso dos anos, convencera-se de duas coisas que, combinadas, me obrigavam a procurar alguma distância. Primeiro, que eu e ele éramos os dois grandes homens de cultura da empresa – fora essa a sua expressão, homens de cultura –, o que nos devia levar a encontrarmo-nos uma vez por outra, para conversar sobre o que verdadeiramente interessava. E, segundo, que ele próprio era *gay*, o que aliás não deixava de ser natural num homem de cultura. Nunca cheguei a perceber se, com efeito, era um dos alvos das suas fracassadas demandas homossexuais, embora a determinado momento tenha suspeitado disso. Depressa percebi, contudo, que, por muito que quisesse ser *gay*, André Bonnaire – chamava-se na verdade André Pires, mas adotara o apelido de Bonnaire, "porque um homem tem o direito a escolher o seu nome", como um dia me explicara – não era *gay*. Mais: depressa percebi que, por muito que quisessem ser homens de cultura, André Bonnaire e Miguel João Barcelos não eram homens de cultura.

E mais depressa ainda percebi que, soubesse-o ou não, André Bonnaire era um chato.

Percorri os jornais de uma ponta à outra e quase não encontrei o que ler. O Brasil elegera uma mulher para Presidente da República, mas continuava tão violento como antes. Em França, um imigrante português fora assassinado por um tipo de ascendência argelina, depois de ter recusado entrada na discoteca de que era dono a uma série de rapazes tez do Magrebe. Os juros da dívida pública nacional continuavam a subir a um ritmo desenfreado, contribuindo para os receios de que o Fundo Monetário Internacional pudesse, a qualquer instante, ser chamado a tomar as rédeas da nossa economia. Na zona do Parque das Nações, a que ainda chamávamos Expo, um grupo de cidadãos desesperados havia criado uma milícia para resistir à prepotência dos fiscais do sempre torturante estacionamento automóvel de Lisboa. No Estado norte-americano do Louisiana, andavam há duas semanas a chover pássaros mortos, ao ritmo de mais de quinhentos por dia. Kate Winslet, a mais bela atriz de Hollywood, curvilínea, profunda de olhar e portadora do mais sedutor sotaque britânico que eu alguma vez ouvira, tinha deixado o marido, um cineasta multipremiado, e andava agora com um *rapper* nova-iorquino que a si mesmo se intitulava *gangster*.

Fiquei ali a olhar para a foto de Kate, desta vez com o cabelo pintado de castanho-escuro, belíssima por dentro do seu vestido de lantejoulas prateadas, e lembrei-me da executiva dos sapatos de vidro, que às sete horas me entraria em casa e uma hora depois focaria o olhar, consultaria o relógio e se vestiria à pressa, de baixo para cima, primeiro as meias brilhantes, depois a calcinha metálica, a saia azul, e assim por diante. Fiz um esforço por afastá-la do pensamento, porém. Fechei o jornal, peguei noutro, percorri-o na diagonal – e depois peguei noutro ainda, e depois noutro, e noutro, até ir dar aos diários esportivos, onde as histórias estavam tão mal contadas como nos ditos sérios, mas ao menos o excesso de cor e as promessas de triunfos inauditos me ajudariam a entorpecer o cérebro com quase tanta eficácia quanta aquela que conseguiam os meus congêneres do escritório, do metropolitano e das ruas de Lisboa com recurso à simples força de vontade.

Acabei por deter-me no anúncio de uma nova contratação do Benfica: um extremo-esquerdo argentino, com fama de finta curta e instinto goleador, capaz de rematar com os dois pés e, aliás, de marcar de cabeça também, apesar da sua baixa estatura. Depois do empate com o FC Porto, frustrante para toda a gente menos para o meu pai, invadido por um estranho contentamento – contentamento esse que fingi partilhar, adiando mais uma vez a difícil conversa a que não poderíamos escapar –, o *mister* tinha exigido o reforço do ataque.

Tanto quanto eu podia perceber, já haviam desfilado pela imprensa outros nomes, porque a notícia se esforçava por descartá-los a todos, com base, em cada caso, num argumento racional diferente. Entretanto, todas as baterias apontavam agora para o rapaz de Villa Fiorito, bairro de Buenos Aires de onde, talvez não por acaso, saíra também um dia Maradona. Nem o Benfica nem o Lánus, clube em que o jovem jogava, confirmavam as negociações. Por outro lado, e em entrevista a uma rádio do seu país, o jogador havia já confessado ser "um sonho de criança" jogar no Benfica, a que chamava "um dos maiores clubes do mundo". A peça acabava com um remate épico, o que, mais do que o benfiquismo do repórter em causa, denunciava a determinação do jornal em fazer a festa pelo menos durante aquele dia em que, mesmo infundada, a notícia fora exclusivamente sua. E eu não evitei um sorriso, que, tendo talvez um tanto de troça, era também de satisfação plena. Desde que o futebol português integrara o chamado pelotão da frente europeu, num protagonismo que tentava replicar triunfalismos igualmente parvos nos domínios da política e da economia, que todos os anos tínhamos direito àquela espécie de segundo defeso. O que estava em causa não era já a preparação dos diferentes plantéis, mas as correções de trajetória, verificados os erros cometidos no planeamento original – e, não nos prometendo já o céu como limite, essas correções acenavam-nos sempre pelo menos com a salvação da dignidade, então passível de mais euforia ainda do que a perspectiva de dominar o mundo.

Mas tratava-se também de uma *silly season*, mesmo que menor – e a *silly season*, sim, era, no que ao futebol dizia respeito, a minha época preferida do ano. Um homem que crescera sportinguista, ainda por cima nos anos oitenta, sabia bem o valor da ilusão e as poucas vezes no ano em que lhe era permitido desfrutar dela. Porque, de fato, os repórteres escreviam tudo o que lhes ocorria, ao longo da dita estação tonta: que este jogador admitia regressar a Portugal e que aquele entrara em conversações com o Real Madrid, que aquele outro fora observado pela Juventus e que, em troca dele, a Juventus podia vir a enviar para Lisboa aquele outro jogador ainda, por sinal campeão do mundo, apenas quatro anos e meio antes, com a seleção italiana. No fim, ninguém esperava que as transferências se concretizassem. Mas era precisamente como tributo àqueles períodos de alegria pura, em que os jornais se preocupavam em disseminar a esperança, que os leitores ainda lhes mantinham alguma fidelidade ao longo do resto do ano, a eles e, muitas vezes, ao clube por que suspiravam.

Para tudo isso servia a *silly season*: para a renovação da alegria, tanto quanto para o sustento de uma identidade. E, agora que penso nisso, aliás, para pouco mais serviria o próprio futebol.

Olhei para o relógio: eram quase duas e meia da tarde. Fosse segunda-feira, e não se encontrassem ainda de férias Pedro e Alberto, estaríamos todos agora a pedir o segundo uísque – ou um "uisquéi" –, determinados a prolongar o almoço não apenas para lá do legítimo, mas para lá do próprio absurdo. Decidi pedir um, mesmo encontrando-me sozinho – e, no momento em que levantei o braço, fui, enfim, detectado pelo bom do Bonnaire, que encheu as bochechas de ar, numa expressão de surpresa e contentamento, se levantou num ápice e, apesar do meu sobrolho antipático, percorreu todo o caminho, até dar-se por sentado à minha frente.

Abriu um sorriso de vivacidade:

— Bebes alguma coisa?

E eu, logo dobrando os jornais e colocando-os debaixo do braço:

— Estou mesmo de saída.

E de imediato, de novo de braço no ar:

— É a conta, por favor.

E ainda, num rápido aparte, com a cortesia possível tendo em conta tamanha pressa:

— Estás bom, André?

O empregado quase nem lhe deu tempo de responder. Trouxe-me a minha conta e, de caminho, um segundo café para ele também.

— Este é por conta da casa, doutor — informou-o, com um sorriso, e piscou-me um olho, como quem diz: "Pisga-te."

Cumprimentei e saí, a desilusão estampada no rosto do meu homem de cultura de serviço. E, quando cheguei ao escritório, tinha Glória sentada na sala de espera do Departamento de Apólices, com uma pasta cheia de documentos na mão.

Levantou-se e disse:

— Desculpa chatear-te no trabalho, Miguel.

E embarcou numa conversa de tal forma desenfreada, primeiro sobre o incômodo que estava a causar-me e depois sobre o fato de ela própria ter tirado a manhã no emprego para ir ao meu encontro e depois ainda sobre a quantidade absurda de trabalho com que andava, que em poucos segundos perdi o fio à meada.

Interrompi-a:

— Como é que tens andado?

E no meu tom esforcei-me por colocar apenas uma pontinha de censura, como se na verdade dissesse: "Vamos por partes, Glória. Primeiro os cumprimentos. Como é que tens andado?".

Ela:

— Bem, bem, bem.

E de pronto retomou a conversa anterior: os afazeres e o trânsito e o *stress* e a vida contemporânea e a crise e o diabo.

Tentei de outra maneira:

— Bom, mas não vamos ficar aqui na sala de espera. Entra, que o departamento está vazio.

E, mesmo assim, entrando na sala e olhando em volta a conferir o espaço, como se ele tivesse mudado imenso desde que ela ali entrara pela última vez, e sentando-se na cadeira que lhe indiquei e tirando a mala do ombro, tudo em alta velocidade, ela continuou a falar, sem uma interrupção, sem uma pausa, sem um momento para respirar sequer.

Pelas minhas contas, não nos víamos há três anos, talvez um pouco menos. Cerca de ano e meio depois de nos separarmos, a mãe dela fora vítima de um acidente vascular cerebral, vindo a morrer duas semanas depois, no hospital – e, ao longo desse tempo, víramo-nos exatamente em cinco ocasiões: no dia em que ela me convidara para um café no intuito de dar-me conta da tragédia, das duas vezes que eu visitara a senhora no seu leito de morte, na noite do velório e, enfim, no funeral. A certa altura da cerimônia, todavia, ela dera-me a mão, apertara-a, afrouxara-a um pouco e desatara num choro silencioso mas convulsivo – e então eu percebera que havia ali tanto de mágoa pela morte da mãe como de comoção por estarmos agora de mão dada, nós os dois, a viver juntos um momento que, afinal, já não era dos dois. Telefonei-lhe para o emprego uma semana mais tarde, para inteirar-me da sua recuperação, e depois afastei-me. Vestir a pele do homem decente, marcando presença na dor daqueles que havia enjeitado, não tinha qualquer significado perante o direito de Glória a sublimar adequadamente a nossa separação. O fato é que ela ainda estava, então, longe de concluir esse processo – e, de cada que eu reaparecesse na sua vida, fossem quais fossem as motivações por detrás desse reaparecimento, o mais provável era que desse um passo atrás no caminho da autodeterminação emocional.

E agora ali estava ela, passados três anos, tão excitada como nos melhores tempos, falando como já nem eu próprio me lembrava que falasse, apesar de aquela sofreguidão ter-se tornado para mim um dos aspectos mais desconcertantes da sua personalidade. E, no entanto, estava bonita, com aquelas madeixas loiras e aquele vestido anil e até aquele aparelho ortodôntico, que lhe dava um ar pós-adolescente. Era tão bonita assim, quando estávamos juntos – ou seria só do aparelho?

— ... e então eu pensei: "o Miguel é que talvez me possa ajudar." — tagarelava ela. — Quer dizer, tantos anos a trabalhar em seguros... Já não deve haver ninguém que perceba tanto de seguros como tu.

E eu, inspirando fundo:

— Ajudar-te com o quê, Glória?

— Com a apólice.

— E o que pretendes segurar? — insisti, evitando falar num carro ou numa casa ou numa viagem em particular, de forma a que ela não percebesse que eu não estivera a prestar atenção.

— A casa!

— Sim, claro — disfarcei. — Mas a casa toda ou só parte dela? Quer dizer: contra que danos em concreto?

E ela:

— Tu não ouviste nada do que eu estive a dizer, pois não?

E, ao dizê-lo, abriu um quase sorriso, como quem reencontra uma rotina do passado, como quem reencontra o próprio passado, embora sem perceber ainda se esse reencontro é amargo ou doce.

Tínhamos vivido juntos durante seis anos, mas convivido durante muitos mais. Colegas de faculdade, começáramos por partilhar os amigos e os grupos de trabalho, passáramos a dividir as viagens de metrô e as idas ao cinema e em breve chegáramos a um grau de cumplicidade tal que tanto podíamos estar a jantar juntos, repartindo escrupulosamente a despesa por ambos os parcos orçamentos, como a dormir juntos no quarto do apartamento que eu então dividia com mais dois açorianos, escapulindo-nos à festa que nesse dia em particular estivesse a ocorrer na sala, como ainda cada um na sua casa, em silêncio, sem nos falarmos durante uma semana seguida ou mesmo mais, por causa de um exame importante que se aproximava ou apenas porque não tínhamos nada a dizer um ao outro. Até que, na reta final do penúltimo semestre, e após mais de dois anos daquilo a que ela, na sua tantas vezes divertida suburbanidade, chamava uma amizade colorida, eu tombara de amores por Cláudia, a garça, uma rapariga alta e com um belíssimo nariz de pugilista, que pairava sempre um tanto alheada pelo jardim da faculdade e pelas aulas teóricas, e a quem as outras, Glória incluída, acusavam de ser "uma betinha arrogante".

Foi um casamento tão fulminante como o fora o próprio encontro. Apesar de ter-me habituado a ver aquela rapariga esfíngica deambulando aturdida pelos corredores e franzindo surpreendida a testa nas aulas, como se a todo o momento procurasse situar-se no que estava a fazer, qual era a aula seguinte e do que andavam os professores a falar, nunca olhara para ela duas vezes, tão distraído me encontrava com as ocasionais obrigações acadêmicas e com o conforto da dita amizade colorida com Glória, que ademais aproveitava todas as oportunidades para encher-me a pasta de fotocópias, fazer-me testes orais sobre o que se discutia nas aulas e recordar-me dos horários e dos trabalhos e dos exames e dos seminários e até das opções curriculares para o ano imediato, em que nunca era cedo para começar a pensar. Um dia, porém, a betinha erguera-se numa aula de Gestão, durante a apresentação de uma *start-up* fictícia que as autoras haviam conseguido transformar numa sessão de evangelismo vegetariano, e iluminara a sala.

— Peço desculpa. Tenho uma dúvida — disparou, num tom ao mesmo tempo desconfiado e provocatório.

— Sim? — interrompeu-se a miúda que então discursava arrebatadíssima, como se a empresa que se propunha criar, e cujo *business plan* devia resolver a cadeira em causa, não fosse apenas uma plataforma de distribuição de bolachas de arroz e alfaces liofilizadas, mas já uma autêntica Cruz Vermelha dos domínios do espírito, e em resultado de cuja ação não só se alimentaria com equilíbrio todo um povo, mas ainda se resgataria tudo o que nele pudesse restar de bondade e de decência.

— Dizem as meninas, em tom triunfal, que há cada vez mais portugueses vegetarianos, não é assim?

Em volta, a sala mergulhou num silêncio pasmado. Muitos dos presentes nunca tinham sequer ouvido a voz daquela rapariga, que se haviam habituado a tratar como pouco menos do que uma louca, uma esnobe a quem ninguém deveria dispensar outra coisa senão esnobeira também – e a maior parte olhava agora para ela com uma expressão forçada de desprezo, numa fervorosa censura pelas dificuldades criadas à apresentação do trabalho de um grupo de colegas.

E eu, que me encontrava de lado em relação a ela, ainda em pé, à espera de uma resposta, limitei-me a olhar para a sua saia de menina queque, para os sapatinhos minúsculos que rematavam lá em baixo as suas longas pernas nuas e para o nadinha de tecido adiposo que espreitava da sua cintura, entre a saia e a blusa que se descompusera com a brusquidão do seu movimento.

— Sim — balbuciou uma das raparigas, todas dispostas em linha à frente do quadro de ardósia, entreolhando-se assustadas. — Há uma estatística...

E logo a garça, interrompendo-a:

— E as meninas não só querem explorar esse mercado, como esperam contribuir para o seu crescimento...

Silêncio. Mais olhares ainda – a apresentação do trabalho arruinada, o professor sentado na sua cadeira, a fumar, com um ar quase divertido.

— E se ninguém comesse carne, será que continuaríamos a criar vacas, ou deixaríamos extinguir a espécie, como é que se diz, bovina? — perguntou então Cláudia.

E sem se deter:

— E, se ninguém comesse carne e a multiplicação das vacas continuasse, não se tornariam as vacas tantas, e aliás tão pouca a erva, para mais disputada conosco, os vegetarianos, que não lhes restaria outra solução senão virarem carnívoras, acabando por serem elas a devorarem-nos a nós?

E depois ainda, a turma toda já com o ar sofrido de quem assiste a uma cena deplorável, nojenta, mas impossível agora de travar:

— Bom, nesse caso o melhor é não deixarmos os cães e os gatos seguirem nesta senda de mariquice crescente, com os seus pompons e as suas roupinhas de inverno e as suas consultazinhas mensais no veterinário e os seus comprimidinhos para o trato intestinal. Sim senhor: o melhor é obrigarmos os cães e os gatos a endurecerem um bocado. Vamos precisar de tantos aliados quantos pudermos arranjar, porque a guerra das espécies prevê-se dura.

Ficou mais uns segundos em pé, com o olhar fixo ainda, oferecendo-se à resistência adversária – e, como ela não surgiu, deixou-se sentar. O silêncio persistiu mais um pouco, as alunas lá da frente ainda atônitas, sem saberem como reagir. Até que o professor se ergueu, pigarreou e proferiu o seu habitual:

— Bom... — Que todos já sabíamos querer dizer: "Então, até terça-feira" — e arrumamos as pastas em silêncio.

Ao chegar lá fora, toda a gente já reunida em grupinhos, cochichando, aproximei-me dela:

— Arranjaste-a bonita.

E como ela não levantasse os olhos para mim, remexendo nervosamente na pasta, onde parecia procurar os cigarros:

— Queres tomar um café?

Então ela parou, ergueu o rosto na minha direção e sorriu, como se houvesse, por fim, alcançado a paz:

— Estava a ver que tinha de fazer-te sinais de fumo.

Quando nos separamos, dois anos de sensualismo e de discussões depois, ambos mais gordos e mais velhos, a primeira coisa que fiz foi procurar Glória. Para trás ficavam noites intermináveis de sexo e de comezainas e de rompimentos e de reatamentos, vividas muitas delas no apartamento em que o pai de Cláudia a instalara na cada vez mais chique zona do Príncipe Real, de forma a penitenciar-se por tê-las trocado, a ela e à mãe, por uma rapariga da idade da filha, e outras tantas pelas estalagens, pensões e casas de turismo rural de todo o país, onde, apesar do meu magro orçamento e dos cuidados dela em proteger o meu orgulho da evidência de quase todo o dinheiro vir da sua própria carteira, íamos foder, comer, beber, romper, reatar, foder outra vez e, naturalmente, fumar – fumar muito.

No dia em que fiz a mala e me vim embora, não encontrou mais o que dizer-me, senão:

— Seja como for, eu não gosto assim tanto de comer. Quem sabe não me torno agora eu própria vegetariana.

E eu:

— Nunca, até àquele dia em que pela primeira vez te convidei para um café, tinhas pensado nos vegetarianos ou em quão ridícula é a sua filosofiazinha da bem-aventurança, pois não? Foi só uma coisa em que pensaste no momento, não foi?

E ela:

— E queres saber mais o quê? De que mais precisa o teu ego gigantesco da minha parte, meu grandessíssimo filho da puta?

Saí sem remorsos, telefonei a um advogado para informar-me sobre os trâmites do divórcio e instalei-me na Baixa, numa pensão ranhosa, determinado a embebedar-me todos os dias até decidir o que fazer a seguir. Telefonei a Glória na semana seguinte. Dois dias depois, fomos almoçar. No fim de semana, dormimos juntos pela primeira vez, no apartamento que

ela entretanto arrendara para si mesma, em Campolide – e, na manhã imediata, ao acordar, tinha-a a olhar para mim, com ar de quem estava ali há já muito tempo:
— Bem-vindo de volta.
E depois, mais em jeito de ordem do que de proposta:
— Vamos fazer de conta que não te foste embora e nunca mais falar destes dois anos, combinado?
E agora ali a tinha, quase uma década após essa noite, e mais de quatro anos depois de tê-la, também a ela, abandonado.
— Não há problema, Glória. É um prazer. Deixa-me a documentação, que eu ligo-te assim que puder. É o problema do crédito tripartido, não?
— E não só. Do prazo também — respondeu, pousando-me sobre a secretária uma pasta cheia de separadores, micas e anotações, bem à medida da sua velha competência burocrática.
E, depois de um silêncio:
— Entretanto, tens aí também um envelope com um convite.
E enfim, como eu erguesse as sobrancelhas, em sinal de espanto:
— Vou-me casar e gostava que viesses.
Fiquei tão espantado, tão sem saber se devia celebrá-lo ou deplorá-lo, que não me ocorreu mais nada senão:
— Pensava que eras contra o casamento. Anos e anos a rejeitar os meus pedidos, apesar de vivermos como casados... Não eras contra o casamento, afinal?
— Só contra aqueles que, manifestamente, não têm futuro — disparou.
E depois, condescendendo com o meu ar ao mesmo tempo surpreendido e frustrado:
— Não vale a pena dramatizar, Miguel. Tu nunca nos terias deixado ir mais longe do que aquilo que fomos. Mesmo que quisesses.

E chegando-se para trás na cadeira:
— Portanto, sem ressentimentos. Resolve-me lá isso do seguro e vem à festa, que apesar de tudo ainda tens como me fazer feliz, mesmo que só por um dia.

Recapitulados os acontecimentos desse dia, as razões por que vim a transformar num encontro romântico a segunda visita da executiva dos sapatos de vidro parecem-me agora da mais elementar psicologia. O fato é que, concluída a audiência com Glória, desliguei o computador e dei por encerrada a jornada, apesar de o número de faxes, *e-mails* e telefonemas ser já bastante superior ao pecúlio diário da semana anterior, em resultado ao mesmo tempo das resoluções de Ano Novo e dos impulsos de autoflagelação de que a classe média costumava deixar-se acometer após a gula do Natal, e com as quais talvez ninguém lucrasse tanto como as companhias de seguros.

No último instante, ainda atendi um telefonema interno, de um dos assistentes do Departamento de Análise de Risco, pedindo uns cálculos suplementares sobre os aumentos de prêmio para dois clientes sinistrados em particular, e cuja simulação o sistema informático não estava a permitir-lhe executar.

— Lamento, mas estou de saída. Ligue-me amanhã de manhã — respondi, com toda a secura de que consegui munir-me.

E ele, indeciso entre a solidariedade e a censura:

— Mas está doente, doutor Barcelos? Precisa de alguma coisa? E eu, percebendo muito bem onde ele queria chegar, a putinha:

— Sim. Preciso que me ligue amanhã. E, se eu não estiver aqui amanhã, ligue-me para a semana. E, se eu não estiver aqui para a semana, então ligue-me no mês que vem, ou para o ano, ou mesmo no Dia de São Nunca de manhãzinha, a ver se eu me importo.

E atirei com o telefone.

Primeiro, passei no supermercado a comprar uma série de acessórios, incluindo um detergente perfumado, um frasco de óleo de cedro e um ambientador elétrico. Depois, parei numa loja cara e muni-me de duas garrafas de vinho e uma caixa de *macarons*, o bombom da moda (todos os anos Lisboa tinha um bombom da moda, e depois dos *cupcakes* chegara a vez dos *macarons*) – e, quando entrei em casa, arranquei a gravata, pendurei o terno num cabide, vesti uns andrajos de fim de semana, sarapintados ainda de uma vez em que, imbecil, tentara eu mesmo reparar o forno do fogão, e deitei mãos à obra.

Durante quase três horas, esfreguei, sacudi, desinfectei e tornei a esfregar um pouco por todo o lado, na sala, no quarto, na cozinha, no banheiro, no vestíbulo e de novo na sala. À roupa que se amontoava a cada canto, atirei-a para o fundo do guarda-roupa. Os tapetes e os almofadões foram primeiro sacudidos à janela e depois lavados na banheira, junto à qual os deixei a secar durante um bocado. Aos móveis de madeira, limpei-os com o óleo adquirido nessa tarde e, quando acabei de lavar o chão com a esfregona, preocupando-me inclusive em chegar aos recantos mais inacessíveis da casa, por debaixo do sofá da sala e atrás das louças do banheiro, peguei no ambientador elétrico e fui ligá-lo junto à porta de entrada, sob a mesinha, de forma que fizesse sentir o seu odor assim que alguém ali entrasse, mas sem que o visitante se apercebesse bem de onde esse odor provinha. *Jardin Après la Pluie*, prometia a caixa, aliás bastante auspiciosamente – e, de repente, naquele jeito tão meu de transformar em autocomiseração até as maiores promessas de ventura, o nome do perfume pareceu-me o mais simbólico de tudo.

A executiva dos sapatos de vidro tocou à campainha faltavam treze minutos para as sete horas, ainda estava eu a tentar compor uma madeixa rebelde, depois de ter passado e voltado a passar bálsamo no rosto, de ter-me perfumado outras tantas vezes ao fundo do pescoço e por detrás dos lóbulos das orelhas, com toda a parcimónia e toda a sutileza que consegui forjar, e de em ambos os casos ter-me posto em frente ao espelho, conferindo a forma como a camisa me encaixava na cintura e a maneira como abria com sutileza no peito. Ouvi o toque autoritário dela, numa prova de que a própria campainha se subjugava à sua banda sonora pessoal de resolução e poder, respirei fundo e abri-a de uma vez.

A mulher continuava tão compacta e atraente como da primeira vez, mas vinha agora vestida de modo bem mais casual, incluindo um casaco de pele de corte masculino e, por debaixo dele, uma saia longa e vaporosa, de cores indecifráveis, mas perfeitamente combinadas com o top verde que a cada instante parecia mudar a cor dos olhos dela para um milhão de tons diferentes. Era uma mulher bonita, sem dúvida – e, sobretudo, parecia libertar dos seus recantos, dos seus módicos excessos, um monte de histórias, o que era o mais sedutor de tudo, uma insinuação que se transformava na expectativa do que está para vir e dali a pouco no primeiro odor do que está mesmo a chegar.

Aberta a porta, a mulher deixou cair ao leve a cabeça para trás, abriu um pouco mais os olhos, a avaliar-me de novo, e depois acenou com veemência, pedindo licença, ou talvez ordenando que se abrissem alas, para entrar num espaço que sem dúvida lhe pertencia. Pensei: "Sim, Miguel, é ela. É ela e daqui a pouco tu estarás a rebolar no meio das suas carnes, sobre aquela cama, contra as costas daquele sofá, em cima daquela mesa. Mas desta vez vais fazê-lo nos teus próprios termos, o que fará toda a diferença" – e cheguei-me para o lado, para deixá-la entrar.

Pois, quatro horas e meia passadas sobre o momento em que passara a porta, a mulher parecia ainda embalada pelas vibrações daquela noite de transgressão e de doçura. Primeiro, havíamos feito amor na cama, depois de ela se despir depressa e preparar-me competentemente o membro, de imediato se ajoelhando sobre o edredom, como que a pedir que eu a penetrasse sem demoras, que eu tivesse muita paciência mas não deixasse decorrer nem mais um segundo sem a invadir por completo. Depois, paráramos para fumar e beber vinho – e de seguida havíamo-lo feito sobre a mesa da sala, rindo ambos dos queixumes que esta nos dispensava de cada vez que eu puxava as ancas atrás e ia reencontrá-la lá à frente. Então, fizéramos mais uma pausa ainda, juntando agora os *macarons* aos cigarros e embebendo tudo em vinho, numa mixórdia repugnante, de um gozo quase infantil – e, a seguir, ainda nos amáramos uma terceira vez, novamente na cama, exaustos mas decididos, abraçando-nos com um princípio de ternura enquanto eu a ia trespassando devagar.

Depois, deixámo-nos deitados sobre os lençóis – e então ficamos ali muito tempo, eu na expectativa de que ela não focasse de súbito os olhos, como acontecera da primeira vez, e ela em silêncio absoluto, como se não tivesse pressa nenhuma de sair. De repente, levantou-se para ir ao banheiro – e, quando fechou a porta atrás de si, eu dei um salto e fui pôr-lhe no bolso lateral do casaco as quatro notas de cinquenta euros que me havia deixado da primeira vez. Então, ela voltou e tornou a deitar-se ao meu lado, enroscando-se no meu corpo e começando a respirar de forma mais compassada, não agora de desejo, mas de sono – e adormeceu.

Era quase meia noite quando focou os olhos negros, consultou à pressa o relógio e, ainda sentada na cama, começou a vestir-se de baixo para cima, primeiro as calcinhas metálicas, depois a saia vaporosa, o sutiã, e assim por diante.

Então mordeu o lábio e apontou, divertida, o relógio que eu mantinha sobre o aparador, e que era um dos poucos objetos que trazia da adolescência: uma bola de futebol em miniatura, com pentágonos verdes, hexágonos brancos e, no meio, um leão amarelo, rugindo.

Sorriu:

— Portanto, sportinguista...

E eu, levantando-me de um salto e arrumando o bibelô na gaveta mais próxima, envergonhado por tal boçalidade e, ao mesmo tempo, perplexo por ter-me escapado, a meio do meu processo de abjuração, uma tão evidente manifestação de sportinguismo:

— Já fui. Mudei para o Benfica.

E esforcei-me por manter um ar casual.

Ela torceu o pescoço, e depois não soube se havia de rir ou de mantê-lo torcido.

— Desde quando é que um homem muda de clube? — limitou-se a perguntar, decidindo-se enfim pelo sorriso.

Eu não disse nada. Preferi ficar ali, a vê-la vestir-se. Então, levantei-me para lhe apertar o sutiã – e, quando me sentiu a respiração junto à nuca, ela ergueu com a mão esquerda a cabeleira castanho-escura, enquanto continuava a olhar o espelho e, com a direita, ajeitava os seios.

Perguntei-lhe:

— Tens fome?

E ela:

— Não te preocupes. Estou de férias esta semana. Não tenho horas para ir dormir.

Depois abriu as mãos no ar, como quem diz: "E, bom, sendo assim..." – e, baixou-se para calçar os sapatos.

— Como te chamas? — perguntei. — Como é que eu posso chamar-te?

Ela sorriu, virou-me costas, começou a encaminhar-se para a porta e depois voltou-se para trás, resoluta:
— Cristina. Podes chamar-me Cristina.
— E como é que eu te telefono? Qual é o teu número?
Voltou a sorrir, agora um sorriso mais aberto ainda, mais terno e divertido. Dirigiu-se outra vez para a cama, onde eu continuava sentado, a fumar, e beijou-me a testa.
— És um querido, sabes?
E o que havia no seu semblante era afeto.

Fiquei a vê-la apanhar o casaco e a bolsa, enquanto me ia deixando escorregar na cama, muito devagar – e depois deixei-me ficar ali deitado, naquela modorra, até bem depois de ter visto o seu corpo sólido e belo dobrar a porta do quarto e de tê-la ouvido selar a casa com o estalido da porta da frente.

Não sabia ainda do que me ocuparia o resto da noite, nem tal me importava. Se ia trabalhar no dia seguinte, então talvez devesse dormir. Por outro lado, o melhor, se calhar, era mesmo vestir umas calças e uma camisa, ir devorar um balde de pipocas com uma sessão da meia noite como pano de fundo e, pelo menos na manhã seguinte, mandar às malvas o Departamento de Apólices e as dúvidas do pessoal da Análise de Risco e, aliás, a empresa toda, o setor dos seguros, a economia nacional e os seus cada vez mais equívocos, *hara-kiris* e homicídios em massa.

Ergui o comando da televisão e comecei a percorrer os canais, para cima e para baixo, e de novo para cima, sem sequer me dar bem conta da programação. Senti pesarem-me as pálpebras. "Não, daqui já não saio eu", decidi. "Vou antes dormir" – e levantei-me para lavar os dentes.

No momento em que meti a escova à boca, senti a inesperada tentação de olhar para a mesinha junto à entrada. A princípio reprimi-me, convencendo-me de que Cristina percebera, enfim, a natureza dos nossos encontros – mas de imediato tornei a desconfiar.

E, quando espreitei pela porta do banheiro, com a escova erguida no ar e a boca ainda a babar espuma, dei de caras com mais quatro notas de cinquenta euros, abertas em leque, ao lado das outras quatro que, pouco antes, eu próprio metera, enroladas, no bolso do casaco de pele daquela mulher. Apenso, havia um pequeno *post-it* amarelo. "És de fato um querido", lia-se primeiro – e depois, entre parêntesis: "O número da minha amiga é 937 579 089. Não bebe vinho, mas vai adorar os bombons. Podes chamar-lhe Vanda."

Quarta Parte

Fundado em mil novecentos e oito por órfãos e enjeitados acolhidos pela Casa Pia de Lisboa, instituição de solidariedade social notabilizada um século mais tarde pelas piores razões, o Sport Lisboa e Benfica conseguira conservar sempre a sua matriz eminentemente popular, incluindo a mobilização de multidões e a institucionalização de uma série de mitos sem outra utilidade que não a de manter viva a chama do povo. Apesar dos problemas financeiros que de início o haviam assolado, obrigando os seus dirigentes e os seus jogadores a andarem quase vinte anos com a casa às costas, a caminho de sedes diferentes e de campos de jogos diferentes também, aproveitara da melhor maneira a chegada de Salazar à presidência do Conselho de Ministros, em mil novecentos e trinta e dois, entregando-se nas mãos do regime e, na prática, vestindo a pele de clube oficial do Estado até meados dos anos setenta, ocasião em que se daria por concluída uma das mais longas, frustrantes e habilidosas ditaduras da Europa moderna.

Nesse intervalo, colecionara vitórias como ninguém em Portugal, incluindo muitas dezenas de títulos nacionais e mesmo alguns títulos internacionais, nomeadamente a Taça Latina de mil novecentos e cinquenta, primeiro troféu conquistado por um time português no estrangeiro, e, nos anos sessenta, a década de Eusébio da Silva Ferreira, símbolo maior da sua história, duas taças dos Campeões europeus, já então a competição de clubes mais prestigiada do mundo.

A partir daí, porém, e apesar dos triunfos ocasionais, fora sucumbindo a uma espécie de folia coletiva, vivendo cada vez mais das glórias do passado, promovendo estudos historicistas que faziam remontar a sua fundação a momentos progressivamente mais remotos – inclusive a mil novecentos e quatro, dois anos antes da do Sporting – e patrocinando imperscrutáveis recenseamentos que o davam como o clube com mais adeptos na Europa, o clube mais antigo de todos os que equipavam de vermelho ou mesmo, num já preocupante sinal de esquizofrenia, o maior clube do mundo, com simpatizantes de Portugal aos Estados Unidos, de África à Austrália e do Brasil à "Indochina", palavra que, aliás, ninguém utilizava no ocidente desde que o Benfica era de fato grande.

Já o percurso do rival fora radicalmente distinto, embora nem por isso menos patético. Fundado em mil novecentos e seis por aristocratas e cidadãos exemplares, alguns com ascendência estrangeira e outros tantos com duplas consoantes nos apelidos, o Sporting Clube de Portugal conservara sempre essa data inscrita na sua história oficial e na sua *memorabilia*, resistindo à tentação de fazer-se remontar ao Belas Football Clube, fundado quatro anos antes, e de que era herdeiro. Enquanto o futebol se mantivera o reino da galhardia mais do que da determinação, da honra mais do que do desejo, o domínio fora seu, permitindo-lhe conquistar títulos de todos os tipos, nacionais e regionais, de primeiras equipes e de reservas, ao longo do primeiro terço da história do futebol português. Os anos cinquenta ainda haviam sido repletos de êxitos – a melhor década da história do clube, na verdade, com os ditos Cinco Violinos, de seus nomes Jesus Correia, Vasques, Albano, Peyroteo e José Travassos, partindo corações um pouco por todo o país. Mas, entretanto, o fulgor extinguira-se. Um ano antes de o Benfica ganhar a Taça Latina, perdera ele próprio a final dessa competição, como que anunciando ao mundo um móbil de natureza distinta, às vezes nem por ele próprio interpretável – e o fracasso da contratação de Eusébio, que estivera para viajar de Lourenço Marques para o Estádio José de Alvalade, mas acabara por aportar ao Estádio da Luz, viria a marcar-se-lhe em definitivo na pele, como se fossem rugas, sequelas de um paralisante desgosto de amor.

A história ainda faria dele, por exemplo, um dos inauguradores oficiais da Taça dos Clubes Campeões Europeus ou o autor das maiores goleadas da história das grandes competições do velho continente, coroas de glória que permanecerão para sempre. Nada, no entanto, parecia já passar de mera coincidência histórica, pouco mais do que um *fait-divers*. A verdade é que o Sporting se deixara suplantar pelo tempo, não só quando perdera o passo com ele, mas inclusive quando tentara ultrapassá-lo, já no final do século, ao liderar entre os seus pares a corrida à empresarialização, empresarializando-se primeiro, mas, como se fosse inevitável, empresarializando-se pior. Os títulos haviam praticamente desaparecido. E, se o símbolo e o lema do rival haviam mantido toda a sua pertinência, incluindo uma roda de bicicleta, em referência à modalidade desportiva da predileção dos brutos, e um *slogan* com ressonâncias a crendice pré-socrática, *Et Pluribus Unum*, o Sporting esforçara-se por reduzir-se cada vez mais, na sua imagem formal como nas suas principais referências, ao *country club* que o sangue azul dos fundadores aconselhara logo de início – e por tornar-se, do ponto de vista prático, cada vez mais pequeno do que o Benfica.

No fundo, o Sporting, agora, era já principalmente "sobre" o Benfica, não "sobre" si mesmo. Se não houvesse Benfica, tudo seria mais fácil: o Sporting era o seu próprio termo de comparação, a medida da sua glória intrínseca. Assim, não. Agora, Sporting contra Benfica era o confronto de humildes derrotados contra vencedores implacáveis. Era o relativismo contra o absoluto. Era a lealdade contra o legado.

Benfica contra Sporting, pelo contrário, era o mundo inteiro contra um cantinho de Portugal. Eram cem anos de Boaventura (ainda que mitómana, ainda que mitómana) contra cem anos em que, vá lá, o coração resistira batendo. Era o desperdício da abundância contra a gestão de mercearia. Era Steven Spielberg contra Woody Allen – e era-o mesmo que já só os dois vissem o mundo assim, dividido a meio por algum tratado, como no ditoso tempo dos grandes descobridores.

Para o Benfica ganhar era uma obrigação, para o Sporting uma bênção. O que movia o Sporting era um sentimento, ao Benfica moviam-no as vitórias. O Benfica cumpria, o Sporting transcendia-se. O Benfica talvez não se importasse que o Sporting perdesse, o Sporting queria que o avião do Benfica se despenhasse. O melhor ano do Benfica fora mil novecentos e sessenta e um, aquele em que ganhara tudo, e o do Sporting dois mil e cinco, aquele em que quase ganhara tudo, incluindo o campeonato e uma taça europeia, que em ambos os casos perdera ingloriamente no último jogo, de resto com um intervalo de quatro dias apenas. Um adepto do Benfica celebrava o triunfo em todo o seu esplendor e um adepto do Sporting ficava ali, a saboreá-lo em tudo o que ele tinha de abismo – e, se no centenário do Benfica se cantara *We are the champions*, dos Queen, no do Sporting bem podia ter-se cantado *You can't always get what you want*, dos Rolling Stones.

Nestes mesmos termos, de resto, escreviam as revistas espertinhas sobre uma série de outras rivalidades existentes ao redor do mundo. Madrid, Londres, Milão, São Paulo: todas as cidades de futebol tinham o seu *derby*, todos os *derbies* tinham o seu lobo e o seu cordeiro – e ao Sporting não restara outra sorte senão o papel de presa, apesar de há muitos anos tentar persuadir-se a si mesmo a vestir o fato do predador.

Não era apenas de clube que eu estava determinado a mudar, portanto: era de lugar, talvez de pessoa – e foi com essa obsessão em mente que decidi queimar, ao longo do mês de janeiro, o maior número possível de etapas do meu sôfrego plano de conversão futebolística. Consciente de que uma mudança de clube não podia nunca dispensar-se de uma significativa dose de racionalidade, decidi ao mesmo tempo revestir essa decisão de argumentos definitivos, recordando-me todos os dias de que aderir ao Benfica também era assumir a minha própria condição de plebeu, e rodear-me de todas as emoções benfiquistas que encontrasse, até elas se me entranharem de vez.

Voltei a ir ao estádio, primeiro em novo jogo a contar para o campeonato nacional e depois na primeira jornada da tristonha Taça da Liga, disputada a meio da semana – e de ambas as vezes me preocupei em ficar junto a uma claque organizada, no segundo caso mesmo no meio dela, a inspirar o cheiro da *cannabis* e a unir a minha voz aos insultos, às ameaças de morte e às promessas terroristas que os meus companheiros de bancada empreendiam. Entretanto, dei por mim empenhado numa digressão verdadeiramente febril pelos maiores e mais pequenos santuários benfiquistas, de natureza física ou apenas espiritual. Durante duas semanas, fui quase todos os dias ao centro de estágios do Seixal, à hora de almoço ou ao fim da tarde, submetendo-me às imensas filas da Ponte 25 de Abril só para assistir ao vivo a alguns instantes dos exercícios de aquecimento da equipe principal ou, na pior das hipóteses, ver em ação os miúdos dos escalões de formação, em treinos, em jogos de preparação ou mesmo em partidas oficiais, que as havia quase todos os dias de uma categoria qualquer. Depois, regressei várias vezes ao estádio, inclusive durante a semana, tanto em dias de jogo como em dias de coisa nenhuma.

Às vezes, levava debaixo do braço o jornal oficial do clube, *O Benfica*, e ia lê-lo para a Catedral da Cerveja, à hora de almoço, comendo um bife a olhar em volta, a ver se decorava os nomes dos jogadores da equipe de futsal, esses, sim, sempre nas imediações. Outras sentava-me à sombra, junto aos reformados e aos ociosos que sempre gravitavam em torno do estádio, a discutir com eles o onze ideal para o jogo seguinte como se também a minha vida fosse apenas uma sucessão de intervalos entre jogos do maior clube do mundo, incontornável até na Indochina.

Apesar dos crescentes olhares de desconfiança que ia gerando na empresa, assim como dos protestos de Pedro e de Alberto (sobretudo este) pela minha persistente ausência, os períodos de almoço eram quase todos dedicados ao Benfica – e eram também, aliás, quase todos maiores do que o do dia anterior. Na última semana do mês, fui à loja oficial do clube comprar uma camisa número nove com o meu nome escrito nas costas, "Miguel", pedi um autógrafo a Eusébio, que os repórteres de uma revista estrangeira haviam acabado de fotografar junto à estátua com que o clube o homenageara na praça central do complexo, e adquiri um pacote turístico para viajar até à Bélgica com a equipe principal, no meio da maior claque do clube, a pretexto daquele que seria o meu primeiro jogo das competições europeias na qualidade de benfiquista.

Até que, nessa sexta-feira, derradeiro dia útil de janeiro, fui interpelado pelo gerente da loja oficial, um homem forte e rubicundo, com um farto bigode e um enorme colar de ouro a fazer conjunto com uma par de unhas superlativamente compridas, uma em cada dedo mindinho – e decidi que era tempo, enfim, de passar para a fase seguinte da minha militância.

Disse-me ele, segurando nas mãos duas caixas encarnadas e brancas, como um vendedor de feira:

— E vinho "Benfica", senhor Miguel? Já provou?

E, ao ouvir o meu nome proferido por aquele homem, não me ocorreu outra coisa senão perguntar:

— Diga-me: há propostas de sócio, aqui na loja? E o senhor teria algum problema em assinar a minha? Em ser o meu padrinho?

Depois sorri, perante o óbvio deleite daquele pobre homem ao ver-se assim convidado a estabelecer um laço para a vida, quase um vínculo familiar:

— Vinho não quero, obrigado. Mas levo aquelas duas embalagens de pipocas "Benfica". Há tempos não como pipocas doces…

Devorei o primeiro pacote pouco depois de chegar a casa, nessa mesma noite, mastigando as florzinhas abertas e depois mordiscando cada grão de milho por ocludir, até os reduzir a quase nada. Não me souberam mal – e, quando verifiquei que não havia na tigela mais o que comer, fui cozinhar o segundo pacote.

Cristina telefonou várias vezes ao longo desse mês. Ligava-me de um número privado, que portanto não aparecia no meu visor, mas eu sabia que era ela, não só por causa da hora a que chegavam os telefonemas, quase sempre com a primeira luz da manhã, mas também porque o próprio telefone parecia refletir a sua altivez, tocando e tremendo com um viço incomum, quase um pânico. Nunca atendi. Por outro lado, dei por mim a gastar o dinheiro que ela me deixara – e a fazê-lo com uma naturalidade (sim, naturalidade é a palavra) que, de início, a mim mesmo me embaraçou.

A primeira vez que recorri a ele foi num daqueles horríveis fins de semana em que a chuva se abate melancólica sobre Lisboa, procurando ternura, e a cidade de imediato desatina, soçobrando em poucos minutos perante um novo turbilhão de engarrafamentos e inundações e neurose coletiva. Ao fim de dois dias fechado em casa, a arrastar-me entre a cama e o sofá, o WC e o sofá outra vez, decidi que não conseguiria comer nem mais uma garfada de atum em conserva e que, apesar de tudo, as pipocas também já não resolveriam o meu problema. Acabei por encomendar uma pizza de má qualidade, sem deixar de escolher os ingredientes mais nocivos da ementa – e quando o estafeta chegou, tocando-me à porta ainda eu mal tinha desligado o telefone, reparei de repente que não tinha um tostão na carteira.

— Meu Deus, e agora? — suspirei, envergonhado.

E o rapaz, com aquele sotaque nordestino com que sempre me enterneciam os estafetas de Lisboa, por muito intrometidos que se revelassem:

— Me perdoa, senhor. Aquilo não é dinheiro, ali em cima do *psiché*?

Disse-o em três sílabas, "pis-si-ché", apontando com o dedo, gracioso, como se se tratasse de uma palavra a que apenas em instantes de cerimônia um estafeta brasileiro pudesse recorrer.

Então, eu olhei para todas aquelas notas de cinquenta euros e como que as vi pela primeira vez como dinheiro, não apenas como certificados da minha degradação. Peguei numa delas, olhei-a pelos dois lados, ergui-a à luz tímida do *hall* e disse para mim próprio: "É dinheiro, sim senhor. Em boa verdade, é dinheiro. Quanto é que está aqui, afinal? Quatrocentos euros?".

Voltei-me para o rapaz, todo ele impermeáveis e plásticos e, ainda assim, água por todos os lados.

— Quanto é que disse que era? — perguntei.

— Dezesseis euros e quinze, senhor. Dezesseis euros, pronto.

— Só tenho de cinquenta — suspirei. — E agora?

O moço remexeu na bolsa que trazia à cintura e depois cofiou a pêra, considerando as alternativas.

— Só tem um jeito: eu ir trocar na loja e voltar.

E depois:

— Vou pedir uma coisa para o senhor: sempre que fizer a encomenda, diz para a gente que nota tem, que a gente traz troco na hora.

Sorriu, mesmo assim.

E eu, que gostava do som da sua voz:

— Tem razão. A culpa é minha.

E logo, apercebendo-me de que a chuva voltava a cair com maior intensidade, e como de repente essa me parecesse a solução mais óbvia e justa:

— Pode ficar com o troco. Para a próxima, terei mais cuidado.

O rapaz colou ambas as mãos ao rosto, agradeceu-me dez vezes, como quem não acredita na sua sorte, e eu voltei para dentro, estranhamente satisfeito. Na manhã seguinte, ao sair de casa, a primeira coisa que me ocorreu foi que tinha de passar por uma caixa multibanco, caso contrário dali a pouco estaria a debater-me de novo com os embaraços habituais de uma carteira vazia. "E, todavia, tens ali dinheiro", objetei. "Tens ali dinheiro e o melhor é dares-lhe uso. A não ser que a pizza te tenha sabido mal, ontem à noite. Soube-te mal?".

Voltei atrás, peguei em nova nota de cinquenta euros e meti-a na carteira, deixando o restante dinheiro sobre a mesa. E, quando gastei essa nota, voltei a pegar numa nova e a colocá-la na carteira – e depois outra, e outra ainda, até dar por mim desapontado por ver aqueles dois montinhos castanhos a desaparecer.

Passaram-se muito depressa, essas semanas. A viagem até à Bélgica foi uma deceção: um rebuliço de aeroportos e autocarros e corredores, interrompido por escassa hora e meia ao ar livre, ainda por cima para um jogo aborrecidíssimo, sem gols e sem oportunidades de gol, sem gritos e sem sobressalto. Entretanto, porém, Alberto e Pedro, que após as férias haviam passado quase um mês a sair e a entrar e a voltar a sair de Lisboa, tentando segurar os principais clientes das suas áreas de exploração à luz das novas condições contratuais impostas pela empresa, definidas em função da crise econômica e do pânico que ela começava a gerar entre a população e a própria indústria, estavam agora de regresso, bem instalados e mais cúmplices do que nunca – e, por muito desconfortável que ainda andasse a minha relação com Alberto, eu dava às vezes por mim saudoso da atmosfera dos nossos antigos convívios, mesmo um tanto ressentido com o fato de eles continuarem a encontrar-se apesar das minhas ausências.

Às vezes, provocava-os um bocado, deixando escapar uma referência às muitas virtudes que ia encontrando em ser benfiquista, e de que me apercebia ao longo das sucessivas etapas do meu proselitismo pessoal – mas de pronto um deles mudava de assunto, Pedro como se esse jogo de equilíbrios lhe estivesse na massa do sangue e Alberto fazendo talvez um esforço por engolir a fúria. Outras era um deles que se descaía com um comentário qualquer sobre a resiliência sportinguista, como se tudo entre nós estivesse igual a sempre e então era eu quem, descobrindo dentro de mim uma diplomacia de que nunca antes me apercebera, rompia em direção a um novo tema qualquer.

De qualquer maneira, e se alguma vez se resumira a isso, havia já muito tempo que a minha mudança para o Benfica não se limitava a uma tentativa de enfurecer os meus amigos ou sequer de afrontar o meu pai, de mostrar ao mundo como eu o reprovava e responsabilizava por todo o mal que eu próprio, impotente, acabara por espalhar, como talvez tentassem explicar os psicólogos, sobretudo aqueles com mais tendência para aparecer na televisão. Mudar para o Benfica tornara-se uma verdadeira torrente transformadora, depois da qual pouco sobraria, se alguma coisa sobrasse, do Miguel João Barcelos que um dia eu tivera o desprazer de conhecer como ninguém – e essa transformação ocorreria em qualquer caso, com ou sem testemunhas, contra os meus amigos ou apenas apesar deles.

Pelo sim pelo não, decidi conservá-los.

— Soubeste que o Andrade se demitiu? — perguntei a Alberto, ao longo de um desses armistícios, numa sexta-feira em que havíamos aproveitado a instituição do *friday light* para ir almoçar juntos a uma esplanada junto ao rio, matando saudades uns dos outros com o argumento de estávamos, sim, a fugir ao roteiro habitual.

— Ai, sim? Vai assumir a vocação de *drag queen* e lançar-se no mundo do espetáculo? — riu-se ele, naquele seu tom teatral, erguendo as mãos como se se preparasse para tocar castanholas.

— Oh — suspirei. — Lá estás tu. O Andrade não é maricas, pá. É casado e pai de filhos.

— Ah, pois. Não é maricas: é um grandessíssimo paneleirão, que é diferente. Casado e pai de filhos, mas, sempre que podia, a mamar na piça do Bonnaire no banheiro do terceiro andar. Eu bem os via, cada um no seu gabinete, a fazer horas e a olhar em volta…

A referência ao banheiro do terceiro andar, onde eu mesmo fora tantas vezes fornicar Andreia, divertiu-me e assustou-me ao mesmo tempo, mas nenhum deles o notou.

— Em todo o caso, parece que o Bonnaire agora tem um novo amor. Não saberás quem seja, pois não, homem de cultura? — insistiu Alberto, e desataram ambos à gargalhada, Pedro batendo com a palma da mão na mesa, sempre nervoso, e Alberto com a testa ostensivamente enrugada, um olho meio retraído e o cigarro suspenso no ar, em mais uma das suas muitas poses cinematográficas.

Ri-me com eles, satisfeito com a intimidade que se ia reconstruindo. Duvidava muito de que Bonnaire alguma vez houvesse consumado os seus anseios homossexuais, sobrepondo a ilusão estética à força avassaladora da natureza, mas na verdade esclarecê-lo parecia-me muito pouco importante.

— Bom, o certo é que o Andrade vai para a Mundial Confiança, o que abre uma vaga na Análise — voltei. — Por que é que não te candidatas outra vez?

E ele, desfazendo instantaneamente o sorriso, agora já nada divertido:

— Já me candidatei. Soube da saída do Andrade na semana passada — explicou.

E logo a seguir:

— Seja como for, fica já aqui escrito que é a última vez. Querem, querem. Não querem, puta que os pariu.

Sorri.

— Excelente! Vais ver que é desta — respondi, e não consegui evitar dar-lhe uma palmadinha no ombro.

Depois peguei na nota de cinquenta euros que tinha posto na carteira nessa mesma manhã e paguei eu mesmo o almoço, apesar dos protestos deles, aliás muito mais convincentes no caso de Pedro do que no de Alberto. Havia decidido que aquele dinheiro seria usado em desperdícios apenas. Com ele pagara uma pizza de que precisara para matar a fome e com ele fizera face, nos dias seguintes, a pequenas despesas cotidianas. A seguir, contudo, prometera a mim próprio que não voltaria a servir-me de uma só nota para compras de supermercado, contas do gás ou corridas de táxi. Aquele dinheiro seria usado no usufruto da parte mais frívola e irresponsável da vida apenas – e, depois das tensões com que nos havíamos debatido, um bom almoço com os meus amigos, sem mágoas ou rancores sobre a mesa, era um momento de celebração.

Foi ao erguer o olhar para chamar o empregado, agitando no ar o pires com a conta e o dinheiro, que me dei conta da presença de Cristina, numa das mesas do fundo, virada mesmo de frente para a nossa. Aparentemente, não tinha dado pela minha presença, concentrando-se em exclusivo na animada conversa que mantinha com outra mulher, esta virada de costas para mim.

Era bonita, com efeito: uma belíssima morena, de formas generosas mas apesar disso elegantes, espreitando pelas frestas de um conjungo branco que, nela, não parecia banal, mas uma espécie de interpretação da matéria poética contemporânea por parte de uma reencarnação de Botticelli.

    Fiquei ali um instante a vê-la falar, com o garfo girando no ar, em sinal de ênfase, e encolhi-me um pouco, numa tentativa de passar despercebido. O que quer que me tivesse ligado àquela mulher, se alguma coisa chegara a ligar-me a ela, nascera e morrera nas três divisões de um pequeno apartamento de Lisboa, no qual de resto há várias semanas não entrava ninguém para além de mim e dos estafetas das pizzarias, autorizados a pisar o vestíbulo e mais nada.

    Olhei para os meus companheiros.

    — Bom, vamos embora? Se continuamos a esticar-nos nestes almoços, então é que nunca mais nos vemos livres deste gajo — brinquei, olhando para Pedro e meneando a cabeça na direção de Alberto.

    Mas este estava a olhar para mim, muito fixamente.

    — Tu és fodido, pá.

    E abanando o pescoço, divertido:

    — É que nem num restaurante paras quieto. És fodido!

    E ainda, com um ar agora lúbrico, que aliás não lhe ficava especialmente bem:

    — Mas lá que sabes o que é bom, isso sabes. Adoro morenas assim, pequeninas e roliças. Chiça, que transbordam sexo, tipas assim...

    Pedro deixou cair dramaticamente as pálpebras, divertido também.

    — E, pronto, vai começar tudo de novo...

    Rimo-nos os três, acertamos a gorjeta e levantamo-nos, eu tentando ainda esconder o rosto.

    Quando íamos a sair, porém, não consegui deixar de olhar para trás, à procura por uma última vez da minha executivazinha privativa – e só ao fazê-lo percebi que a mulher com quem ela conversava era Cláudia, a betinha arrogante, a garça com nariz de pugilista a quem um dia eu oferecera o que então me restava de juventude.

O meu pai ligou-me na manhã seguinte, muito cedo. Era insone e sabia que eu era insone, mas naquele caso tratava-se de uma hora precoce até para ele: seis e meia da manhã, mais coisa menos coisa, e para mais de um sábado. Eu, no entanto, estava acordado havia muito, inquieto com a estranha epifania da véspera – e, quando o telefone tocou, não me veio à cabeça mais ninguém senão Cristina e o seu já institucionalizado hábito de ligar-me a desoras.

Pensei, indignado: "Outra vez esta tipa?!".

Mas atendi – e, para além de atender, ainda me surpreendi a mim próprio decepcionado por, em vez de tratar-se da executiva dos sapatos de vidro, ser o meu pai.

Disse-me:

— Ueipá! Tás bom?

E eu estremeci de imediato, perante toda a alegria que, de súbito, transbordava da sua voz.

— Está tudo bem, pai? — devolvi, mantendo-me na defensiva.

— Tudo bem. Olha: disse-me a tua mãe que vens cá de dia vinte em diante. É verdade?

Bom sinal. Eu gostava sempre quando ele despachava depressa a questão do estado de espírito com aquele "tudo bem. Olha…", como se o tema não tivesse a mínima importância. Era sinal de que o seu ânimo não era uma questão, mesmo que nesse dia em particular se encontrasse falador. De resto, não podia contar com ninguém, para dirimir o seu abandono, senão comigo. Para a minha mãe, como para o meu irmão e a minha cunhada e os próprios miúdos que gravitavam em volta deles, o meu pai era um homem sem flutuações. Não estava nunca bem nem estava nunca mal – e às vezes era de questionar mesmo que estivesse de todo. Ninguém parecia saber que se tratava, afinal, da pessoa mais frágil de toda a família, o que só aumentava as minhas responsabilidades.

— É isso mesmo — respondi, finalmente. — Fico dez diazinhos. Por quê?

— Home', porque o Sporting-Benfica é a vinte e seis, sábado! Ou tens alguma coisa para fazer nesse fim de semana?

Foi como se, de repente, soasse um alarme, a polícia irrompendo pela casa dentro, as luzes acendendo-se num estalo, e eu com dois lingotes de ouro na mão. Muito mais rapidamente do que eu esperava, dava-se, enfim, o confronto. Houvesse ele falado primeiro do jogo e só depois confirmado as datas e eu cancelaria prontamente a viagem, com uma desculpa qualquer. Assim, tornava-se impossível: era demasiado tempo de sofrimento a dois, eram demasiados anos de planos mirabolantes para conseguirmos ver juntos este jogo ou aquele – e eram já demasiados meses os que ele levava naquilo, "Vens ou não vens?", "Porque é que não vens em setembro, que há clássico?" ou "Não consegues dar cá um saltinho para a semana, para vermos a Liga Europa?". Eu simplesmente não podia abortar a visita, até porque já se estabelecera a regra de regressar a casa naquela época, fintando a fúria seguradora da primavera – e, agora, teria de dar-lhe a notícia da minha mudança de clube em plena euforia de um *derby*, o que, merecendo-o eu, não o merecia ele, de certeza absoluta.

Balbuciei:

— Dia vinte e seis? Tens a certeza?

E automaticamente, como um náufrago à procura de objetos flutuantes:

— Caramba, já fiz asneira. Estava a pensar ir ao estádio...
Mas ele nem pestanejou:
— Vai ser giro. Vamos ver à Casa do Povo. Se der num canal aberto, também podemos ver em casa. De qualquer maneira, já avisei a malta lá em baixo que vês cá o jogo. Ficaram todos contentes, já a pensar que vamos levar na cabeça...
Deu uma pequena gargalhada.
— O costume, já sabes — acrescentou, divertido.
E depois, como se encolhesse os ombros:
— A gente gosta é disto, não é?
"A malta", dizia ele – e eu voltava a preocupar-me. Durante mais de trinta anos, e enquanto trabalhara no Serviço de Desenvolvimento Agrário, nem lhe teria passado pela cabeça chamar "a malta" a quem quer que fosse, muito menos aos vizinhos. Para ele, desde muito jovem encarregado da terrível tarefa de instruir pedidos de subsídios agrícolas e inspecionar o cumprimento dos seus pressupostos, a freguesia, mais ainda do que a ilha e o próprio arquipélago, estava há décadas entregue em exclusivo a ociosos e a oportunistas para quem o único trabalho válido era a procura de expedientes para não trabalhar. E ter agora decidido emparceirar com esses mesmos madraços que durante décadas o haviam tentado ludibriar, trocando as matrículas às bezerras e viciando as contagens do leite e inventando problemas nos medidores de massa de ar das carrinhas só para receberem mais apoios, produzirem menos ainda e, se possível, renovarem a frota de três em três anos, sempre com recurso ao malfadado dinheiro dos subsídios europeus, não podia ser sinal de outra coisa senão de que o seu desamparo ascendera a um novo patamar.

"O problema, Miguel, é que isto da lavoura é tudo um grande engano", explicara-me várias vezes. "Os Açores deviam ter uma lavoura de subsistência, e pronto. Assim, vendemos umas vaquitas, mas depois vamos comprar lá fora quase tudo o que é fruta, hortaliça ou cereal. Depois, temos leite com fartura, mas metade dele não chega a ser transformado, porque excede as quotas europeias. No fim das contas, estas ilhas foram sempre uma pedra no sapato do raio da Europa. Queriam o mercado português, mas não lhes dava jeito nenhum ter a economia dos Açores. E, como estamos sempre a falar de montantes sem importância, tanto de produção como de subsídios, então fica mais barato pagar às pessoas para não trabalharem. Portanto, a lavoura dos Açores é isto: milhares de pessoas a receber dinheiro para não fazerem nada, a não ser embebedarem-se pelos botequins bem caladinhas. E a gente a ajudá-las, que é para isso que cá estamos."

Foi sempre um inconformado, o meu pai. E, apesar disso, não lhe restara outra alternativa, a partir de certa idade, senão calar a boca, que nem sempre sustentar uma casa de família, nos Açores daquele fim de século, se compadecia com demasiadas liberdades de espírito. Além do mais, ele gostava do que fazia. Queixava-se, mas gostava – e, aliás, sabia que era bem mais útil ali do que em qualquer outro lugar. Quisesse-o ou não, preocupava-se com os vizinhos preguiçosos e com os muitos outros pobres diabos que iam procurá-lo todos os dias ao gabinete. "Eu sei que eles me acham um filho da puta, mas o que é que um homem há-de fazer?", costumava suspirar, sempre que bebia um copo a mais, coisa que raramente se permitia ao longo do ano, mas a que nem sempre se poupava, num silêncio triste, durante os períodos de festa na freguesia. "E aí andam eles, os malandros, a brincar aos cortejos e às cantorias", voltava, empoleirado na varanda e contemplando o desfile do Bodo de Leite com um olhar ao mesmo tempo de desencanto e de ternura. "Querem é festa. É o Bodo, são os padroeiros, é o Carnaval, é a Páscoa, são as festas da cidade e as festas da Praia e os aniversários e os anos de casamento e os bebés que nascem e os bebés que ainda não nasceram, mas vão nascer – é festa para tudo. Trabalhar, nada. Mas, também, hão de trabalhar no quê, estes infelizes, se o que a Europa quer é que estejam quietos, a ganhar varizes e a morrer de AVC o mais depressa possível?"

E agora ali estava ele ao telefone, reformado e velho, a chamar "a malta" aos ignorantes por quem trabalhara uma vida inteira, não recebendo em troca mais nada senão o desdém e o insulto, mesmo que feito em surdina. E, dissesse isso o que dissesse sobre o seu amor à terra e sobre o seu amor aos homens da terra, mesmo ao próximo em geral, eu não conseguia evitar perceber que dizia também muito sobre o fato de estar cada vez mais cansado e, aliás, cada vez mais velho também.

— O teu irmão diz que também vem com a gente — arriscou, a meia voz, como se o que dizia não passasse de um aparte.

E eu, meio sem saber o que responder:

— A sério? Mas ele agora gosta de ver futebol?

E ele:

— Não, claro que não. Mas o miúdo tem uma cegueira pela bola que é o diabo, e ele diz que vai lá para ele ver o jogo com a gente.

Respondi como pude, tentando evitar que a conversa avançasse mais por onde ia:

— Ah, tudo bem. Eu nem sequer tinha visto a data do jogo, imagina. Que coincidência.

Mas, lá no fundo, gostei das notícias. Que o meu irmão se encontrasse na disposição de descer a rua para levar o filho a ver a bola com o avô e o tio significava que persistia em demonstrar que o miúdo era dele, só dele e de mais ninguém, mas talvez também que estava aberto, enfim, a permitir-lhe acumular outros exemplos masculinos que não apenas o seu. De resto, ficavam ainda uma série de contas por ajustar entre nós, inclusive quanto à escravidão a que a minha mãe se expunha e ao esquecimento em que o meu pai vivia só para que os netos pudessem ter ao menos uma oportunidade de transcender a sorte a que os progenitores os haviam reduzido. Mas isso eram preocupações para outro momento que não aquele. Tal como já engolira tantas vezes as queixas em defesa de mim mesmo, o mais provável era que continuasse a engoli-las também, e até que isso se tornasse impossível, em defesa dos velhos. Assim como assim, aquela era a vida deles. Para a minha mãe, tratava-se mesmo de um mal menor, se calhar até menos do que isso – e, quanto ao meu pai, pois mais uns anos a exercer a caridade de boquinha calada, em favor de ingratos divertidos por ignorá-lo de cada vez que ele entendesse pronunciar-se sobre o que quer que fosse, eram apenas mais uns anos a viver como, em suma, sempre vivera.

— Devias falar com o teu irmão. Ouvi-lo um bocado. Gostava que vocês se entendessem — arriscou ainda, determinado a desbravar tanto caminho quanto fosse possível para o reencontro de fevereiro.

— Está tudo bem, pai. Não te preocupes — respondi, procurando tranquilizá-lo.

E ele, hesitando primeiro, mas deixando-se ir:

— Está bem, está. Não te esqueças é que, se as coisas correrem normalmente, vocês hão de ser um dia os dois homens mais velhos desta família. É melhor que se deem.

E eu, baixando a guarda, apesar da maneira como sempre acabavam as conversas daquele gênero:

— Como é que ele anda, pai?

— Está limpo há quatro meses — declarou finalmente. E acrescentou:

— Quatro meses. Desta vez parece-me que é a sério, sabes?

Fiz uma pausa.

— E ela?
— A mesma coisa. Já não os via assim tão bem há muito tempo.
Fiz outra pausa ainda, para colocar as coisas em perspectiva.
— Ok, pai. Fico contente.
Parecia sempre a sério, na verdade – e ambos o sabíamos. Depois de mais três ou quatro meses de ressacas, drogas de substituição e irascibilidade, como se salvá-lo do vício fosse uma obrigação de toda a gente, a mais importante obrigação de toda a gente à volta dele (mas não dele próprio), lá estaria o meu irmão de volta ao vício. E, no fim, não restaria aos meus pais outra solução senão criar-lhe os filhos, aturar-lhe as neuras à mulher, financiar-lhes aos dois as doses que o Rendimento Social de Inserção já não conseguisse pagar, mesmo que convencendo-se a si próprios de que não o faziam – e, no fim, ainda tratar da mediação diplomática junto de mim. Era mais do que dois velhos podiam aguentar – e mais cedo ou mais tarde, esse peso acabaria por subjugá-los. Cabia-me a mim poupá-los um pouco.

Fato: eu tinha um Sporting-Benfica para assistir ao lado do meu pai, mas desta vez torcendo pelo adversário. Como haveria de prepará-lo para tal advento, ainda não sabia. Para já, era fim de semana, estava sol e, apesar do trânsito que eu via já começar a acumular-se na rua, como sempre se acumulava quando Lisboa acordava sob os primeiros raios de sol do ano, fui tomar um banho. Depois, telefonei a Pedro.

— Tens o que fazer?
E fiz uma voz de cumplicidade masculina:
— Queres ir comprar o *Expresso*, beber uma data de cervejas ainda antes da hora de almoço e mandar umas bocas aos moderninhos?

Ele tossiu, bocejou e tornou a bocejar e a tossir, como quem está ainda num país muito longe – mas, assim que se apercebeu da índole do convite, aceitou-o com toda a vivacidade que encontrou. Eu pousei o telefone, peguei na última das notas que Cristina tinha deixado sobre a mesinha da entrada e bati a porta atrás de mim.

Cheguei ao café pouco depois das dez da manhã, Lisboa tentando ainda lidar com as garrafas de cerveja que durante a noite os adolescentes bêbados tinham deixado a cobrir os passeios e com os variados tipos de dejetos que, logo pela manhã, e para orgulho dos donos, os cãezinhos haviam distribuído pelas esquinas. Percorri a esplanada com o olhar, a conferir a presença de miúdos aos gritos, e fui sentar-me numa mesa ao fundo, junto a um dos enormes vidros que – não percebi bem porque –, nos isolavam do rio. Pedi um café e pus-me a ler o menu, cheio de *brunches* e saladas frescas, de "sanduíches mediterrânicas" e de bolos armados ao conventual, de tábuas de queijos e de "combinados", o que quer que isso fosse. No topo, uma epígrafe: "Mercearia Fina, Charcutaria e Cafeteria" – e depois, imediatamente abaixo, um texto de apresentação (um texto de apresentação, meu Deus, poder-se-ia ser mais fanfarrão do que isso?), cheio de palavras como "fruição", "confecção", "degustação" e, claro, "cosmopolitismo", não fosse dar-se o caso de entrar ali um bruto e não perceber onde estava.

Ri-me um pouco, mas sem grande alento. Lisboa, agora, era assim: já não tinha cafés, ou restaurantes, ou sequer bares, mas "espaços", todos eles "modernos", quase todos eles "multifacetados" – e, no meio de tantas personalidades, a única coisa que se podia lamentar, afinal, era que tão frequentemente não sobrasse personalidade nenhuma.

Olhei em volta: Pedro ainda não tinha chegado. Peguei no café, abri o saco com o jornal e tirei o primeiro suplemento que me veio à mão, um caderno alto e um tanto tosco, em formato *broadsheet*, dedicado às notícias do ramo imobiliário e ao anúncios de apartamentos para arrendar.

Havia magníficos T1 em zonas nobres da cidade, com muita luz, soalho em tábua corrida e respeito pela traça antiga. Havia T2 e T3 nos Anjos e no lumiar, muito práticos, cheios de acessos e janelas em PVC. Havia lofts na expo, já velhos na sua contemporaneidade – havia casas de todos os gêneros, fantásticas, imperdíveis, pedaços de biografias, projetos de vida. E eu, como todos os sábados, voltei a ficar ali, a olhar para elas durante muito tempo – e nos ângulos estrambólicos das fotografias, a apontar para o cantinho mais iluminado do chão, para o enfiamento do corredor, para a orquídea de papel colada sobre o fundo lilás da parede, tentando em desespero ampliar os quinze metros quadrados da sala de estar, repletos de bibelôs e estimações, qualquer coisa nascia e já vinha morta.

Sim, sobretudo maravilhava-me isso: as casinhas onde não sobrava um canto de parede. Onde se ponderavam todas as cores e texturas. Onde se haviam passado horas de lazer em *bricolage* urbana: feitos pequeninos de uma classe média a trabalhar para aquele empréstimo, para aquela decoração, para aquela maquilhagem – e que agora vai ter de pôr à venda, vai ter de arrendar depressa, vai ter de passar como uma batata quente. Num resto de orgulho, não apagava o passado, essa gente. Não fotografava a casa vazia: o sonho ia à montra por inteiro, com todos os seus pormenores, as suas pequenas impotências, os seus castigos em forma de papel de parede, os seus candelabros do Ikea e, suprema tortura, uma peça isolada de outra marca, mais rica, mais inacessível, a que se chegara em bicos de pés – ou mesmo mais pobre, mais comprometida e deslocada, com que se condescendera para compor um *bouquet* que não se conseguira completo.

Maravilhava-me, mais do que o belo em si, o que as pessoas tinham por belo. O seu belo. As suas coisas. As suas coisinhas. As que encaixavam com demasiada perfeição na decoração geral, tudo combinado, equilibrado, concluído – e mais ainda as que não encaixavam em nada, em que ela insistia apesar dos protestos do marido, em que ele fazia finca-pé apesar do desdém da mulher, de que nenhum dos dois gostava mas também não tinha coragem para deitar fora.

Eu resistia ao que quer que fosse, menos aos cadernos de imobiliário. Coisas da crise, sim – e, de súbito, a mão atirada ao bolso de trás: "Roubaram-me a carteira, caramba, roubaram-me a carteira!", com essa libertadora e final palavra navegando nas entrelinhas: "Cabrões!" Virara uma enorme feira da ladra, o meu tempo.

Acendi um cigarro, bebi o que restava do café e pedi mais um. Meti a mão no saco do jornal e comecei a tirar os restantes cadernos, até encontrar a revista impressa em *offset* e, lá no fim, o questionário proustiano de que ela nunca se dispensava.

Entrevistava-se desta vez um cozinheiro famoso, o que teria sido ainda mais original se não se desse o caso de cinco dos últimos doze entrevistados serem cozinheiros também. De repente, o cosmopolitismo (sempre o cosmopolitismo) levara-nos até ali: ao momento histórico em que os chefes de cozinha haviam virado as supremas estrelas *pop*. Não perdi tempo e fui conferir a resposta à pergunta: "o que gostava de salvar em caso de um incêndio?", a minha preferida. Pensei: "'os meus livros', 'os meus livros' ele vai responder 'os meus livros', por favor responde 'os meus livros'!". E, efetivamente, lá estava, "os meus livros, claro. Adoro ler" – e aquele "Adoro ler" era quase tudo. Por pouco não desatei a rir alto.

Levantei os olhos: também ali não havia uma só pessoa a ler um jornal, quanto mais um livro. Tanto quanto eu podia perceber, os compulsivos hábitos de leitura dos moderninhos lisboetas só se revelavam a partir de certa hora, já com o *brunch* tomado. Pelo menos naquela "mercearia fina", o mais que havia era uma rapariga sozinha a ler uma revista que prometia, de resto no próprio título, instaurar a felicidade na vida de todas as mulheres que a lessem. Acendi novo cigarro, mantendo-o durante algum tempo à altura do rosto, para poder ler as gordas da capa sem ser surpreendido. "Os Filhos Destroem o Casamento", "O Lado Bom do Divórcio", "Dezoito Razões para Fugir ao Matrimônio", "Dê Prioridade à Carreira", "Experimente a Troca de Casais", "Como um Amante Salvou a Minha Relação", "Seja Feliz" – todos eles conseguiam conviver numa mesma capa, escritos em cores e fontes diferentes, como num catálogo de milagres.

À falta de outra solução, decidi sorrir outra vez, embora com menos alento ainda. Afinal de contas, talvez eu próprio estivesse, naquela época, a representar esse papel de amante, esse papel de vício revivificador. Mais do que a representar um papel, aliás: a personificar de fato um milagre na vida de alguém, salvando-lhe o casamento, oferecendo-lhe a oportunidade de proteger-se dos filhos durante uma noite ocasional, dando-lhe pelo menos uma de dezoito irrebatíveis razões para fugir de casa, ainda que por instantes apenas.

Na verdade, eu continuava sem saber o que quer que fosse sobre a executiva dos sapatos de vidro, a não ser que conhecia a minha primeira mulher. Mesmo o seu nome, Cristina, era de certeza falso. E que pudesse ter sido Cláudia, a minha garça, a minha betinha com nariz de pugilista, a colocá-la no meu encalço, sabe-se lá por que obscuras razões, era algo que me constrangia e excitava em doses iguais – e em ambos os casos sem que conseguisse perceber bem porque.

Levantei-me, entrei na sala principal e olhei para os salgados expostos no balcão iluminado. Nenhum deles me apeteceu. Fui até à prateleira dos chocolates – e eram todos pretos, com sessenta e cinco por cento de cacau ou mais, ótimos para "cosmopolitas", mas bastante inadequados a um grosseirão para quem um balde de pipocas e uma cerveja fresca correspondiam à ideia de sobremesa perfeita.

Ao lado, um casal conversava num inquietante frenesi. Aparentemente, haviam-se encontrado ali mesmo, entre as prateleiras de uma mercearia fina. Ela trazia umas calças de ganga e uma *sweat-shirt*, tipo consultora de gestão em gozo de fim de semana, ele umas calças cáqui cheias de bolsos, versão masculina da mesma personagem – e entre eles havia uma espécie de intimidade antiga, como que uma história remota. Não percebi de imediato o que faziam, ou pelo menos onde o faziam, mas depressa descobri que ambos mandavam em gente. Dois minutos transcorridos, aliás, e já sabia mais ainda: eram ambos casados, ambos pais, ambos automobilistas, ambos desinteressados da coisa pública e ambos viajantes obsessivos (esta foi a primeira informação apurada, de resto, porque os dois se esforçaram por deixá-la bem clara desde o início, como um crachá).

Impressionava-me a quantidade de novidades que conseguiam debitar em tão pouco tempo. Ainda não haviam passado cinco minutos e já eu torcia, para o bem de ambos, por que tocasse um telemóvel, por que rebentasse uma panela de pressão na cozinha. E, no entanto, aí iam eles, impotentes, levados ao colo pelo acaso que os cruzara.

Ela: "Claro, claro. Claro, claro". Parecia querer calá-lo, mas não conseguia. Ele falava agora de chatices (sic): viagens que tinha de fazer, jantares onde tinha de estar, lugares a que não podia deixar de ir, pessoas que não conseguia evitar. O trabalho, o trabalho, o trabalho. E ela: "Claro, claro. Claro, claro". Tinha o ar suplicante de uma mulher em vias de afogamento, a mar subindo devagar, inundando-lhe o peito, vencendo-lhe o queixo. Estava imparável, ele – ela com o coração aos pulos. Os miúdos, o diretor europeu e o mestrado. "Claro, claro. Claro, claro." A viagem ao Vietnã, o iPad e a reunião em Turim. "Claro, claro. Claro, claro." A revisão do *Audi* e o apartamento na Expo, a tese em vias de publicação e a sabática – a artilharia pesada toda de uma vez em cima, e ainda assim ela naquilo: "Claro, claro. Claro, claro."

Até que ele parou para recuperar o fôlego. Uma hesitação apenas, e então ela respirou fundo – não havia tempo a perder, ou agarrava aquela oportunidade ou estava feita. Não estivera no Vietnã, mas estivera em Bali, o que "é muito parecido". As reuniões que tinha eram em Frankfurt, talvez menos exótico, mas mais central – e de mestrados sabia tanto quanto era possível saber-se, até porque estava agora a acabar o segundo. Os miúdos costumavam ficar com os avós (por isso mesmo continuava a viver em Queijas, mais perto destes, em vez de na Expo, o seu lugar natural). Preferia o Galaxy ao iPad, o que em todo o caso ia quase dar ao mesmo. Não era *MacUser*. Aliás: detestava a *Apple*. Detestava, detestava, detestava! Aquilo de que gostava mesmo era de passar os fins de semana em pousadas.

E *yoga* (ela dizia "iôga", com circunflexo): ele fazia *yoga*? Fazia algum desporto que fosse?

Agora estava ela a perguntar-lhe o mesmo, à espera de uma resposta: ele fazia *yoga* ou não? Já descobrira a verdadeira qualidade de vida ou não? Era apenas mais um sedentário disposto a passar por este mundo sem história ou, pelo contrário, um ser comprometido, que libertaria as suas energias e imprimiria no planeta a sua marca pessoal? Em suma: "já vira ou não a luz?", parecia ela perguntar. E, contudo, ele ali continuava: "Pois, pois. Pois, pois". "Pois, pois. Pois, pois." "Pois, pois. Pois, pois." Distraíra-se com o telefone, que segurava na mão direita – e o seu olhar estava distante, lá no fundo do aparelho.

Não tinham história remota nenhuma, afinal, aqueles dois: eram apenas colegas de faculdade que não se viam há muito, porque a dado momento ela lhe perguntou:

— Continuas a ver o Bruno Góis, aquele loiro?

E ele lhe respondeu, sem mágoa:

— O Bruno Góis sou eu. Deves estar a falar do André.

Tive pena deles, mas passou-me depressa. Há muito tempo que vinha tomando atenção a conversas daquela natureza: entre operários ao almoço, entre uma esteticista e uma cliente, entre dois gravatas que se cruzavam no quiosque, entre miúdas bebendo copos na rua. Ninguém se ouvia. E talvez a explicação até estivesse na escola, que ensinara a participação, mesmo a alarve, quando a inteligência, muito provavelmente, se encontrava no silêncio. Em todo o caso, não se podia entender este mundo sem considerar a solidão – e essa é que era a tragédia.

Chegara, enfim, Pedro. Apontei para a mesa do fundo, lá fora na esplanada, onde deixara os jornais e os cigarros, a marcar território – e o que me pareceu foi que o peso que ele trazia sobre os ombros tornara a aumentar, como vinha acontecendo todos os dias desde há mais de dois anos.

Comecei, em tom distraído:

— Por acaso, também ando aí com uma história um bocado esquisita.

E erguendo o braço na direção da empregada mulata:

— Mas olha: o melhor é pedirmos duas cervejas. Das grandes. Não sei é se estes gajos têm alguma coisa que não seja *weiss* ou *stout* ou *lambic* ou outra merda qualquer a armar ao pingarelho…

Mas ele já não me escutava. Sentou-se à minha frente, ciente de que eu me deslocara ali com renovada disponibilidade para ouvi-lo falar do seu problema – e, a partir do instante em que se sentou, bem podia explodir uma bomba ao lado de nós, que não conseguiria distraí-lo. Então, uniu as mãos em frente à boca, com os ombros meio enfezados, e suspirou, como se, entre a última vez que conversáramos e aquele instante em que nos preparávamos para voltar a conversar, não tivessem passado nem cinco minutos.

— E agora, o que é que eu faço? — disparou.

E eu:

— Agora escolhes uma cerveja. Olha: e se bebêssemos umas *leffes*? Novecentos anos a curar males de amor: parece-te bem?

Ele sorriu, os ombros agora um nadinha mais descontraídos, mas apesar de tudo posicionados como se a qualquer momento tivessem de acoitar uma chibatada.

— Sabes que eu já não consigo ver um filme sem desabar em lágrimas? — perguntou, como se com isso já estivesse a dizer tudo.

Então eu olhei para ele, bem de frente.

— Deixa-me fazer-te uma pergunta chata. É a mais óbvia de todas, mas também por isso importante.

Ele fez um ar de enfado:

— Vais-me perguntar porque me casei eu com a Rita. E eu vou-te responder que me casei com absoluta consciência do que estava a fazer, inclusive do afeto que tinha, e tenho, por ela.

Puxei uma fumaça. Ainda não o tinha onde queria.

— E, no entanto, agora queres trocá-la pela mesma mulher que um dia trocaste por ela... — observei.

— Apenas porque não posso estar em dois lugares ao mesmo tempo.

Bebi um gole. E depois outro ainda. Esperei.

Ele suspirou:

— O que eu tenho com a Rita é mais do que suficiente para um casamento. É mais do que suficiente para um homem e uma mulher viverem felizes e cúmplices uma vida inteira. Ou seria, se não existisse a Carla.

E, ato contínuo, chegou a cadeira para trás, deixou cair sobre o tampo da mesa o molho de chaves que vinha brandindo ao longo da conversa, como uma batuta, e pigarreou, dando por concluído o primeiro ato:

— Portanto, aí tens.

A mulata trouxe as duas cervejas, meio irritada com a simples presença daqueles dois brutamontes que começavam a beber álcool a uma hora assim, quando era já tão tarde para que se tratasse de um fim de noite e tão cedo ainda para almoçar – e eu virei o rosto para ela, provocador, soprando-lhe um restinho de fumo para a cara.

— Continue a trazê-las. Vai ver que não se arrepende.

Um nadinha de Philip Marlowe – eis o antídoto de que sempre me socorria em situações de insurreição serviçal. A rapariga começou por torcer o nariz, mas depois deixou os olhos pousados em mim durante uma fração de segundo a mais do que aquilo que gostaria.

Era bonita.

— Aí tenho o quê? — perguntei, em direção a Pedro.

— Aí tens o meu problema. Duas mulheres fantásticas, e eu a fazer mal às duas ao mesmo tempo.

E, então, sim, eu ataquei. Afinal, não custara nada: uns goles de cerveja apenas, e já metade do trabalho feito, à espera do golpe decisivo e pouco mais.

— Mas duas mulheres maravilhosas como?! — indignei-me. — A Rita é maravilhosa, sim: bonita, inteligente, atenciosa. A Carla é uma suburbana histérica e arrivista, com quem nunca devias ter-te casado. És bom de mais para ela.

Ele fechou o semblante, indeciso ainda sobre como reagir:

— Mas porque é que estás a falar assim? A Carla pode parecer-te a ti uma suburbana histérica e arrivista…

— … e feia… — acrescentei eu, embora ele talvez não me tenha ouvido.

— … mas o fato é que tu não a conheces como eu…

— … e mal-educada, e ignorante. Uma sopeirinha sem jeito nenhum — insisti.

E abri os braços:

— Nada que se compare à classe de Rita, ela, sim uma mulher à tua altura.

Ele pigarreou, contrariado. Olhou para mim. Tornou a pigarrear.

— Ouve, Miguel: tu não cresceste com ela.

Hesitou um instante – e voltou, agora mais decidido:

— Não cresceste com ela e não conheces a sua vontade. Não sabes o que ela suplantou. Nunca a viste ser boa, generosa, grande. Não dormiste com ela e, pior, não acordaste nunca ao lado dela.

E ainda, agora quase sem uma hesitação, as faces já muito vermelhas, a fúria crescendo:

— O que pensas tu que podes saber sobre uma mulher ao lado de quem nunca acordaste? Ainda por cima tu, que já acordaste ao lado de dois terços das mulheres de Lisboa e nem sequer os nomes de meia dúzia delas decoraste?

E, então, eu parei. Fechei o rosto – e amuei, assim concretizando a primeira parte do meu plano.

Ficamos ali um bocado, em silêncio. Evitei cruzar o olhar com ele, mas não deixei de notar a sua testa franzida, as frontes latejando, a repugnância que agora lhe causava ter-me ali à sua frente.

Sorri ao de leve. Depois pus um ar irónico, quase cínico:

— Estás zangado? Mal é que não te faz.

Tornei a sorrir:

— As pessoas zangam-se pouco, hoje em dia. Pouco e mal. Anda tudo cheio de *social skills* e de terapia comportamental e de sei lá mais o quê.

E desfiz o sorriso:

— E tu és o pior de todos: um diplomatazinho de esquina, sem capacidade para dar um grito. Uma bomba-relógio. Um homem muito perigoso. Gosto bem mais de ti assim, como estás agora, como se efetivamente fosses capaz de partir a louça.

Ele manteve-se calado, a testa ainda franzida, o maxilar muito apertado, grossas veias pulsando-lhe em ambas as frontes.

Pensei: "Se ainda não me bateu, já não me bate" – e tive pena dele.

Acabei a cerveja e pedi mais uma. Acendi outro cigarro e expeli o fumo para o ar. Era um homem bonito, Pedro, com uma cara harmoniosa e rosada – e mais bonito ainda quando se apresentava assim, vestido de maneira casual, com o seu velho pulôver azul escuro, familiar.

Apaguei o cigarro e olhei-o de novo, mais em pormenor ainda. Tinha de fato algo de angelical, com o seu cabelo encaracolado e os seus olhos verde-claros e as suas orelhas generosas. E, porém, todo ele era agora cólera, o cabelo e os olhos e as orelhas – todo ele cólera bruta, desprovida de malícia, e portanto mais ameaçadora ainda.

Tive pena dele pela segunda vez – e depois decidi que teria pena dele o dia inteiro, nem que fosse apenas para fazer-lhe a vontade.

As pessoas trocavam os conselhos mais absurdos. Incapazes de se escutarem, passavam as conversas a falar de si próprias, em apaixonadas manifestações de egotismo que tornavam insuportáveis até os encontros mais promissores. Para além de tudo, bastava um homem em sarilhos românticos manifestar o seu desespero, que logo irrompia, de entre os amigos, os conhecidos e os conhecidos de conhecidos, uma série de vampiros com uma espécie de amorômetro na mão, determinados a provar a inexistência da graça ("Não, isso não é amor. Não a amas. Não amas tu, nem te ama ela a ti."), na ignorância absoluta da multiplicidade de formas que o amor assume e no desejo incontido de limitar o mundo às escassas emoções susceptíveis de penetrarem a couraça da sua apatia. E, se eu estava com tantos cuidados, era precisamente para não cair no mesmo estúpido erro.

— Vamos conversar sobre outra coisa — irrompi então. — Deixa-me contar-te uma história maluca com que eu próprio ando aí a debater-me.

Ele continuou calado, olhando-me. Cheguei a temer que houvesse desmobilizado, mas sem razão para isso. Apesar das pausas e das visitas da mulata, dos meus cigarros e até do miúdo que entretanto começara a fazer birra na mesa ao lado, gemendo e guinchando e berrando como um amoroso leitãozinho a caminho do matadouro, a sua atenção era total.

— Aqui há umas semanas, faltavam dois ou três dias para o Natal, recebi um telefonema de uma mulher. Era cedíssimo, quase de madrugada, e até pensei que fosse engano, ou então alguém a gozar com a minha cara.

Puxei uma fumaça. Ele continuava a olhar-me, calado.

— Perguntou-me apenas "Às sete?", e eu acabei por decidir que se tratava da marcação de um encontro. Pois tratava-se mesmo. Às sete da tarde, bateu-me à porta, despiu-se e quase que me obrigou a fodê-la. E, quando saiu, deixou-me duzentos euros em cima da mesinha junto à porta de entrada.

Ele teve uma leve inflexão no sobrolho, mas continuou sem dizer nada. Depois encheu os pulmões de ar, como se fosse falar, e todavia tornou a não abrir a boca. Achei bom sinal.

Olhei em volta, certificando-me de que não estava a falar alto de mais.

— Uns dias depois, voltou a ligar-me com a mesma conversa. E, às sete da tarde, lá apareceu, outra vez, para foder — continuei.

Disse-o agora de uma maneira mais agressiva ainda, "foder", abrindo um pouco o "o", e reparei que o pai da criança guinchante me ouvira. Baixei o tom.

— Foi uma maluquice: andamos pela casa toda naquilo, até quase de madrugada, num desvario que eu já não experimentava há uma eternidade. Perguntei-lhe o nome e disse-me que se chamava Cristina. Houve ternura entre nós. Mesmo assim, voltou a deixar-me duzentos euros à saída. E, desta vez, ainda lhe juntou um papelinho com o nome e o número de telefone de uma amiga.

Silêncio. Ele ainda olhando-me fixamente, mas comprimindo agora os lábios um contra o outro, talvez mais furioso do que antes, talvez começando a descontrair, o que não era aconselhável.

Acelerei:

— Portanto, agora, não sei se hei de atender-lhe mais o telefone. Ela continua a ligar-me, várias vezes por semana, quase sempre ainda antes de o dia nascer, mas eu continuo a deixar tocar. E entretanto, para cúmulo descobri que conhece a Cláudia. Ou que é amiga dela. Ou colega, não sei.

E tornando a puxar uma fumaça:

— Diz-me lá se isto não é uma loucura?

Ele voltou a inspirar demoradamente, como se desta vez, sim, fosse pronunciar-se – mas ainda assim manteve-se calado, o olhar menos carregado do que no início, e contudo imóvel. Parecia ter petrificado.

Estalei os dedos no ar, brincando, como se estivesse a mandá-lo despertar da sua hipnose – e, porém, ele continuava em silêncio, olhando-me.

— Sabes que a Glória vai-se casar? — perguntei, desviando novamente a conversa.

Mais silêncio.

— Veio pedir-me ajuda com uma apólice e ainda me convidou para a boda, imagina. Como se me pudesse ocorrer tal coisa: ir ao casamento da minha ex... — insisti.

E disse "ex" mesmo, "écs", como uma suburbana.

Mais silêncio ainda, ele insistindo no olhar fixo, mas o semblante agora definitivamente enraivecido, fulminante.

— Entretanto, ando um bocado preocupado, porque daqui a uns dias vou para os Açores e a viagem calha mesmo na altura do Sporting-Benfica — disse eu, desviando ainda uma última vez a conversa. — O meu pai ficou logo todo contente e desatou a fazer planos para vermos o jogo juntos. E agora, como é que eu lhe digo que mudei para o Benfica?

Ele continuava calado, mas com os lábios agora muito comprimidos, o maxilar tenso, como que pronto a partir os dentes uns contra os outros.

E eu:

— Quer dizer: mudei e já queimei quase todas as etapas da minha conversão. Neste momento, só me falta mesmo entregar a ficha de sócio. Até já lá tenho a proposta, assinada por um Águia de Prata...

E então ele explodiu, levantando-se de um salto, empurrando a mesa na minha direção e deitando-me imediatamente ao chão. Fê-lo com mais energia do que eu esperava e, inclusive, com mais agressividade do que eu podia prever. Caí para trás, enrolado com a cadeira, e tentei erguer-me de pronto. Mas, quando levantei um pouco a cabeça, senti o seu punho esmurrar-me, uma vez e outra, e depois outra ainda. E, a partir daí, em nenhum momento tentei defender-me ou sequer erguer os punhos, para proteger os olhos: limitei-me a deixar-me ir.

— Meu grande filho da puta. Mas quem pensas tu que és? — gritava ele agora, enquanto me esmurrava. — Mas mudar para o Benfica como, meu cabrão? Mas fazer-te sócio como, sacana de merda? Afinal, andas a brincar conosco há quanto tempo, hã? Hã?!

E continuando aos socos:

— Quem és tu, hã? Mudar para o Benfica como, filho da puta? E nós? E o Alberto? E o teu pai, meu bardamerda? Vai mas é gozar com o caralho. Quando é que páras de brincar com as pessoas? — insistia, o seu gancho direito já perdendo força, mas apesar disso persistindo em investir contra o meu rosto.

Tentei abrir os olhos para ele, à procura de descortiná-lo através do sangue que entretanto me jorrava de algures – da sobrancelha esquerda, percebi-o mais tarde – e vi que a sua mão se encaminhava ainda mais uma vez na minha direção. Dessa vez, no entanto, parou a meio do caminho, como se chegasse à conclusão de que o adversário estava vencido e já não valia a pena continuar.

Então, Pedro fez uma pausa, passou a mão pela testa, abanou a cabeça, como se enfim tivesse percebido o que acabara de fazer, e olhou-me como nunca antes me olhara, todo ele agora desilusão, muito mais do que raiva.

— Devias pensar duas vezes da próxima vez que tiveres a tentação de chamar sopeirinha a alguém — disse.

E virou-me costas.

Fiquei ali mais uns segundos, quase deitado, metade de mim estendida no chão e a outra metade empinada contra a parede – e percebi que ele puxava da carteira e deixava duas notas de vinte sobre a mesa, perante o olhar ao mesmo tempo reprovador e amedrontado da empregada, os gritos que a gorda do balcão continuava a dar para o telefone, exigindo a presença da polícia, e o medo paralisado dos restantes clientes.

E, quando vi que se ia embora e me deixava ali, gritei-lhe:

— És um tonto, Pedro. Metes dó. Trocaste de mulher apenas porque eu gostava mais desta, porque o Alberto gostava mais desta, porque o mundo todo gostava mais desta. Vives infelicíssimo há uma eternidade e, no entanto, continuas indeciso… Pode-se ser mais covarde do que isso?

Gritei-lho e depois ainda subi o tom, para que ele não deixasse de ouvir-me:

— Talvez seja preciso um monstro para partir. Mas é preciso um homem para voltar atrás!

E, quando acabei de dizê-lo, senti-me tomado por um intenso calor, vindo de baixo para cima, como se perdesse os sentidos.

Acordei uns minutos mais tarde, não sei exatamente quantos, tombado na mesma posição. E, uma vez que a polícia ainda não tinha chegado, levantei-me em esforço, cambaleei até à rua, inspirei o ar fresco que vinha do rio e estiquei um braço a chamar um táxi.

Quinta Parte

Se me pedissem para descrever com um mínimo de perspectiva a freguesia de São Bartolomeu, o mais provável era que eu próprio me deixasse desalentar pela descrição. Outrora um importante centro produtor de cereais, de que chegara a abastecer o continente, São Bartolomeu dos Regatos declinara a partir de meados do século XIX, em resultado das crises cerealíferas e, já em pleno ciclo do leite, das migrações em massa. Desde então, quase todos os solavancos da História haviam contribuído para reforçar a sua condição de subúrbio mais desconsolado de Angra do Heroísmo, cidade que viria a poupá-la à instalação de bairros sociais, ao contrário do que em má hora fizera com a vizinha terra Chã, mas também lhe fora reduzindo as remessas financeiras, circunscrevendo-a a uma ruralidade que a adjacência física desaconselhava abundantemente. Quem, a partir de então, visitasse São Bartolomeu encantar-se-ia com a beleza das suas quintas rústicas e a dignidade das suas casas populares, com pintura renovada todos os verões, pelo Santo Antônio, mas lastimaria uma série de outras coisas: a pobreza mal assumida e a atmosfera um tanto tristonha, o modesto brio das suas festas, a sua má relação com o mar e uma certa diluição da identidade em geral – e depois ainda deploraria o trânsito automóvel, excessivo e desregrado, passando louco para cima e para baixo, na impunidade típica das geografias esquecidas.

Mas essa seria apenas uma descrição racional. Na verdade, tudo em São Bartolomeu se encontrava ainda, para mim, nos domínios da emoção e da memória – e depressa essa memória voltava a apoderar-se do meu espírito, da minha própria pele, sempre que eu punha os pés naquela terra. Ali eu crescera e fizera os meus primeiros amigos, ali eu aprendera a ler e tocara pela primeira vez um corpo de mulher, ali eu descobrira o Sporting e andara à pancada com dois vizinhos, ali eu me despedira de Maria Carminda e ali ainda vivia o meu pai. Não havia, a não ser talvez em alguns recantos da Canada da Igreja ou do Outeirão, zonas apenas mais tarde desenvolvidas como áreas residenciais, um só pedaço de São Bartolomeu onde eu não tivesse experimentado a felicidade. E, sempre que ali regressava, fazia questão de passar por todos e cada um dos meus santuários originais: a mercearia do Francisquinho, os Viveiros da Falca e o campo da bola há tanto engolido pela erva selvagem; a Canada do Funchal onde fazíamos corridas de bicicleta, os pastos onde eu ajudara a tratar das vacas do tio Alvarino, irmão de Carminda, e, naturalmente, o portão verde para que fazíamos remates à meia-volta; o largo da Igreja e os cerrados no sopé do Pico da Bagacina, o escampadouro e os Morros Queimados, assim batizados por via do conjunto de domas traquíticas erguidas com a erupção do vulcão dos Picos Gordos, a última ocorrida em terra firme da ilha Terceira.

De todas as grandes tiradas da História, em boa verdade, aquela que eu mais depressa aprendera a detestar fora essa do "cidadão do mundo", com que a classe média de Lisboa tanto gostava de encher a boca até que alguém a reconhecesse *globetrotter*, portadora de cartão de crédito e representante dessa nova burguesia do *resort* de quatro estrelas e da máquina fotográfica digital. Porque ser de todo o lado, percebi-o eu assim que extravasei os limites da terra-mãe, não podia significar outra coisa senão que não se era de lado nenhum – e não ser de lado nenhum, não ter um lugar, um canto de mundo a que regressar, parecera-me sempre a mais triste de todas as condições. Para ser sincero, e apesar das já quase duas décadas que levava de exílio, eu continuava a voltar à terra como se realmente pudesse acordar ao contrário, contorcendo-me e espreguiçando-me e depois fechando-me em concha, até, enfim, adormecer. E, se de alguém ainda conseguia desdenhar com algum método, assim despertando da letargia que nos últimos anos me deixara impávido perante cada vez mais coisas, perante a dor e o próprio prazer, era daqueles que viviam longe há dez ou vinte ou trinta ou mesmo quarenta anos e, apesar disso, continuavam sem voltar, sem voltar nunca, mesmo podendo fazê-lo mil vezes, na convicção de que nada os unia já ao seu paradeiro original. De que seriam feitas essas pessoas, afinal? Que ausência, que inverso, que matéria inerte tinham no lugar do coração? Até que ponto haviam sido abomináveis as suas infâncias, as suas juventudes, para deixá-las assim, sem um pedaço de mundo a que pudessem chamar seu? Eis aquilo que eu me perguntava sempre ao regressar – e que voltei a perguntar-me naquela manhã de domingo em que, ainda mal raiara o dia, tornei a aterrar na ilha e a tomar o caminho de São Bartolomeu.

Chegado a casa, informei que ia descansar um pouco, pousei o saco, conferi o alarido que vinha da cozinha e esgueirei-me pela porta da frente, com acesso direto entre a sala e o quintal, e que nos tempos de Maria Carminda era aberta apenas aos domingos e em dias de Bodo. Aproximei-me da varanda, pendurando-me por alguns momentos no ramo mais baixo do velho plátano, tal como fazia em criança, e parei a olhar para a placidez do mar lá ao fundo, ainda deixado periférico pelas gentes, mas apesar de tudo a postos, como se a qualquer momento pudesse retribuir a atenção de quem se desse conta dele. Lá de dentro, continuavam a chegar gritos: gritos de crianças que queriam começar a comer, gritos de adultos que achavam não ser ainda hora e gritos da minha mãe, já prestes a explodir, naquela sua nevrose permanente que era, acima de tudo, um misto de amor ao abismo e de incapacidade de lidar com ele. Sentei-me num dos bancos de pedra que delimitavam o pequeno balcão, e que durante anos haviam constituído os lugares de honra daquela varanda, e olhei lá para baixo, para a ponte que era a nossa Golden Gate, quase igual àquela que víamos na televisão, e, por debaixo dela, para a ribeira que se enchia no inverno, tornando-se no nosso Mississipi (eram as referências que tínhamos, não sabíamos sequer quantos quilômetros podiam distar a Golden Gate e o Mississipi), e em cujas poças quase secas apanhávamos as rãs que torturávamos durante as férias grandes.

Ao lado, havia nascido um armazém de ferragens, vocacionado sobretudo para obras industriais. À esquerda, por detrás do torreão, um restaurante – o primeiro restaurante que a freguesia havia visto. O portão verde estava agora mais desbotado, mas de resto continuava ali, orgulhoso e insinuante: a mais perfeita baliza de futebol alguma vez instalada em território de São Bartolomeu. Ao lado dele, o quintal de Chico escanchado, abandonado desde a morte do seu sinistro proprietário, metia dó. Lembrei-me dos miúdos da minha infância, o Manuel Aurora e o Jorge Antônio e o Renato, companheiros de tantas tardes de malabarismos em frente àquele portão, e tornei a lamentar a sua ausência. Não tinha exatamente saudades deles: tinha talvez saudades do que eu próprio era na presença deles, desse miúdo rebelde e terno que o tempo e a América e a morte e a perda da inocência e o tédio, no seu sempre infernal encolher de ombros, se haviam encarregado de adestrar.

— Não estejas aí sem uma suera, que está frio — soou lá atrás a voz do meu pai.

Era sempre assim, nos dias em que eu chegava: a sua construção frásica resumia-se a frases na negativa – e, sempre que possível, com uma certa dose de imperativo, como se tornasse a ajustar contas comigo e com a minha partida.

No seu íntimo, o dia do meu regresso era o ponto alto do ano – e, quanto mais dura era a atitude dele quando nos reencontrávamos, mais certo eu ficava da sua fragilidade e mais eu me preocupava com ela.

— Os miúdos já nunca jogam à bola na rua, pois não? — perguntei, olhando para o portão verde quase por debaixo de nós.

— Era o que faltava. Esses gajos andam aí abaixo e acima que parecem malucos. Todos os dias havia de morrer uma criança.

— Mas não é só o trânsito, sabes, pai? — voltei, olhando para trás.

— Os miúdos, hoje em dia, já não jogam à bola, a não ser no raio da escolinha de futebol. Já nem nos pátios da escola jogam.

E logo, inspirando bem fundo, como se pudesse engolir aquele cheiro a terra e a água, o belíssimo odor da umidade açoriana, com a sua pitada de sal e o seu dedinho de enxofre:

— É triste, sabes? As crianças, hoje em dia, mesmo as mais dadas a jogos de computador e sei lá mais o quê, alimentam-se melhor, fazem mais exercício, têm físicos mais equilibrados. Para além de tudo, sabem fazer uma triangulação, percebem com toda a facilidade como se joga em quatro-quatro-dois e em quatro-três-três, acorrem a um escanteio e cumprem a coreografia toda, dançando na grande área como os profissionais. Só que, depois, não têm intimidade com a bola. Não conhecem as suas manias, os movimentos mais imprevistos do seu comportamento, os seus amuos. E só os conheceriam se jogassem à bola na rua. Se jogassem à bola seis ou sete ou oito horas por dia, como nós chegávamos a jogar. Se fossem ao dentista arrancar um dente e, mesmo assim, precisassem de levar uma bola debaixo do braço, para ocupar os tempos mortos. Diz-me lá, pai: os teus netos são assim? Ainda conheces alguma criança assim?

Ficou calado, como sempre ficava ao longo dos meus discursos. Os meus discursos, raros e veementes, eram a forma que eu encontrava de vingar os seus imperativos e as suas negativas. Magoava-nos aos dois, esse jogo – e por isso mesmo era preciso jogá-lo depressa, logo a abrir. A partir daí, sim, as tensões iam-se tornando cada vez mais esparsas, até que ambos nos conformaríamos com a companhia um do outro como a melhor alternativa ao nosso dispor.

— Bom — disse ele com energia, celebrando o restabelecimento da ordem — vamos almoçar, que os pechinchinhos estão cheios de fome. Anda daí, que a tua mãe fez uma alcatra bem tenteada. Se caldeares com um bocado de arroz, fica quase boa.

Rimo-nos os dois, abafando mal o riso, como sempre nos ríamos dos tenebrosos cozidos lá de casa, e depois eu fiquei sozinho por mais um instante.

Na verdade, a cozinheira, a grande cozinheira da nossa infância, fora Maria Carminda. Ainda podia vê-la ali, sentada do lado de dentro daquela janela de guilhotina, junto ao estrado que durante tantos anos lhe servira de atelier de crochê, mesa de jantar e mesmo mesa de jogo. As cartas haviam sido a sua última paixão. Viúva cedo, acusara de tal forma a morte do marido que um dos meus tios, emigrado na América, lhe trouxera um dia, como recurso desesperado, quatro baralhos de cartas iguais, dois pacotes de fichas de várias cores e uma caixinha de madeira para guardar aquilo tudo. Tinha aprendido a jogar *pinochle*, um jogo então bastante popular na Califórnia, para onde tantos terceirenses emigravam, e não se lembrara de outra coisa senão de tentar ensinar a mãe a jogá-lo também, prometendo-lhes longas tardes de ócio a dois, todos os meses de agosto, quando do seu próprio regresso à terra. "Pinoca", passáramos todos a chamar-lhe, por uma questão de facilidade – e, por muito improvável que tal ideia parecesse, o fato é que resultara em pleno: Maria Carminda nunca tirara o luto, mas como que voltara a florir. Era uma rosa negra – e era bela.

Ao longo de toda a nossa infância, foi em sua casa que passamos as tardes, apesar de morarmos a umas boas centenas de metros, como acontecia comigo e com o meu irmão, ou mesmo dispersos pelos mais variados pontos da freguesia, como eram os casos dos meus primos, dos primos dos meus primos e de todos os que mais quisessem vir conosco. Chovesse ou fizesse sol, acorríamos ali assim que saíamos da escola – e depois por lá ficávamos o resto do dia, escalando o plátano e atirando pedrinhas à cisterna dos fundos, atravessando a ribeira e escapulindo-nos para o ringue acimentado dos Regatos, onde nos bons tempos o meu irmão organizava com irrepreensível competência torneios de todos os tipos, de futebol de cinco, de pênaltis e até de mata, se houvesse raparigas e nenhuma bola de couro disponível. Ao almoço, comíamos ovos estrelados com batatas fritas, todos os dias sem exceção, apesar dos reiterados protestos de uma das minhas tias, sempre preocupada com o excesso de peso do filho mais novo. Ao lanche, a ementa era de pão com queijo – mas quem não quisesse pão com queijo podia comer milho frito, que o que mais havia por ali, desde que um dia eu fora ao futebol com o meu pai e trouxera de lá a receita da felicidade, era milho de freiras prontinho a fazer estalar num tacho velho. Mesmo que o pretendêssemos, não conseguiríamos nunca contar as vezes que tínhamos passado a tarde a jogar à bola em frente ao portão verde lá de baixo com um monte de pipocas em cada mão, chutando e logo tornando a subir as escadas, para ir buscar mais.

Depois, e aos fins de semana, abriam-se as portas e as janelas da casa e vinha gente de longe: tudo para jogar à pinoca com Maria Carminda, para conversar com ela, para partilhar o seu estrado, se a algum coubesse a suprema honra de um jogo a dois apenas. Vinham filhos de Maria Carminda, vinham vizinhos de Maria Carminda, vinham vizinhos de filhos e filhos de vizinhos de Maria Carminda – e depois juntava-se tudo ali, a comer as favas escoadas e as batatas com massa de malagueta que Maria Carminda preparava, tudo na expectativa de que se formassem os primeiros pares da tarde e começassem a saltar as fichas. Por detrás das cartas, ela avaliava-lhes o caráter, mas não dizia nada. Então, os dias de semana eram nossos de novo, apenas nossos e dela – e, mesmo que chovesse, inclusive quando éramos ainda demasiado novos para sequer termos, também nós, a alternativa da pinoca, a televisão mantinha-se desligada, tal era a excitação em que passávamos os nossos dias. Julgo que não me engano se disser que foi o melhor tempo da minha vida, esse em que praticamente vivi em casa de minha avó.

— Tenho saudades tuas, Carminda — murmurei, e surpreendi-me por ouvir o som da minha própria voz.

Olhei em volta. Continuava sozinho. De qualquer modo, se nas nossas conversas insistíamos em usar palavras tão antigas como "tenteada" ou "caldear" ou "suera" ou "pechinchinho", eu e o meu pai, era para evocá-la a ela, Maria Carminda, a única mulher que nunca nos decepcionara – e isso não podia significar outra coisa senão que pelo menos alguma parte dela ainda vivia. Por isso mesmo ele fizera questão de ocupar aquela casa depois da sua morte: para usufruir do que ainda pudesse restar da mãe e, ao mesmo tempo, adiar tanto quanto possível esse momento em que começaríamos a esquecer-nos dela.

Ao fundo, o mar parecia agora mais próximo. Por cima de mim, o plátano já não enorme, mas colossal, as suas folhas do tamanho de pedras de mó – e, lá em baixo, o portão e a estrada e a ponte e a ribeira, todos eles muito maiores do que algumas horas antes também. Era sempre assim, quando eu voltava à terra: as coisas começavam por parecer pequenas, quase mirradas submetidas pelo meu olhar de

Lisboa, e só depois iam crescendo, até recuperarem as formas grandiloquentes da infância. Era então que me considerava de volta a casa.

Tornei a encher os pulmões de ar, aspirando mais um pouco de sal e enxofre, e registei que sobre o Pesqueiro, lá em baixo, começava a adensar-se o nevoeiro. Sorri e voltei para dentro.

As refeições eram desde o princípio o nosso campo de batalha, a nossa Última Ceia e o nosso Triângulo das Bermudas – e o almoço desse domingo de inverno, a caminho do meu primeiro Sporting-Benfica com a alma vestida de encarnado, não tinha qualquer razão para decorrer de outra maneira que não em guerra. No exato instante em que me sentei à mesa, um pouco atrasado em relação aos restantes, como aliás era costume, mergulhamos de cabeça na agressividade de sempre – e a partir de então esforçamo-nos por percorrer toda a gama de insultos e chantagens e ameaças veladas em que há tantos anos nos vínhamos aperfeiçoando.
A primeira a falar foi a minha mãe:
— Está boa, a minha alcatra? Nunca dizem nada... — entoou, a boca num beicinho, um olhar quase maléfico desprendendo-se já do sobrolho.
— Está muito boa, sim senhora — respondeu o meu pai, e olhou-me de esguelha, em sinal de cumplicidade. — Consola, esta alcatra — acrescentou, soltando sob o bigodinho *chevron* o seu riso nervoso, a que só estava autorizado no rescaldo dos combates.
E, então, o caldo entornou. Ao todo, não havíamos levado mais de cinco minutos a fazer descambar a refeição, o que ao mesmo tempo demonstrava o quanto havíamos refinado já o nosso azedume, cada vez mais fulgurante e implacável, e me deixava cheio de esperança nas novas gerações, e

nos meus sobrinhos em particular, assim tão diligentemente instruídos na difícil arte da desagregação familiar.

— Não gostas, não comas! — disparou o meu irmão, arrastando os olhos para o meu pai, naquele jeito lento e cínico dos *junkies* decididos a agradar.

E eu, erguendo o copo de vinho na direção da luz, chocalhando-o um pouco, cheirando-o, tornando a cheirá-lo e depois bebericando dele várias vezes, como um especialista distraído:

— Aquilo que tu tens para dizer-me a mim, Nuno, diz-mo a mim. Não precisas de atirar-te ao teu pai.

E, como sempre, ele levantou-se de rompante, a cadeira atirada ao chão e um alarido bestial instalado em volta durante dois precisos minutos, o tempo que costumava levar a render-se aos mimos das mulheres, a sentar-se e a ferrar outra vez o dente no acém.

A segunda a manifestar-se foi Liliana, a sua intolerável mulherzinha, procriadora acéfala e há tantos anos companheira de chuto, que de imediato recorreu ao habitual tom de desagravo e piedade:

— Anda nervoso, o Nuno. Um dia destes vamos falar com o médico. Não sei se não será um bocadinho bipolar, coitado…

Disse-o e afagou a cabeça do marido, como a esposa que aconchega as mantas ao moribundo, já remetido ao seu leito de morte.

E logo eu, ao mesmo tempo que fazia cócegas a Fábia, a filha mais nova deles, e nem por um instante tirando os olhos da cadeirinha onde ela se sentava:

— Sabes, Fábia, quem tinha razão era aquele senhor, o Foucault: este mundo é mesmo um hospital. E quem está doentinho, já se sabe, tem sempre desculpa. Vai aprendendo, minha querida.

E de novo Nuno aos saltos, a cadeira pelo chão e o alarido de regresso, de resto menos duradouro agora do que antes, em resultado da súbita chegada do pudim *flan*.

— Ó aqueles, não comecem! — gritou a minha mãe, como sempre gritava, o olhar maléfico enfim apaziguado, quase satisfeito. — Vocês já me estragaram poderes de almoços nesta vida. Acaçapem-se para aí, se faz favor! — acrescentou, e o uso manifesto de palavras antigas, como as que a sogra usava, tinha um tanto de conciliatório e outro tanto de provocador.

Mas já não havia nada a fazer. Assédios daquele gênero eram recorrentes entre mim e o meu irmão – e, do meu ponto de vista, eram aliás bastante profiláticos, pois constituíam a minha forma de recordá-lo de que estava, finalmente, perante alguém que não compactuava com a sua chantagem, com o seu miserabilismo e com a sua falta de dignidade. De resto, há muito tempo que falávamos assim um com o outro: quase em código e dirigindo-nos sempre a uma terceira pessoa, embora todos os anos um de nós fizesse questão de pedir que o outro reprimisse esse abominável hábito.

— Não devias fazer alcatras nestes dias de celebração, mãe — começava agora ele. Era a sua vez de atacar. — Carne cozida em vinho de cheiro? Não me parece nobre o suficiente. Pelo menos quando temos visitas *gourmet*.

E em direção a Mauro, o filho tristonho, ali brincando com o garfo no ar, muito enfastiado, enquanto fazia bola com a carne na boca:

— Despacha-te lá com isso, Mauro. Isto de ser sempre o último, nesta coisa a que se chama família, é só para certas pessoas muito especiais.

No fundo, era tudo tão maquinal e coreografado, tudo tão simples e ingênuo, que já não podia ofender ninguém, aquele primeiro ato da nossa farsa anual. Mas a verdade é que por detrás da comédia se ocultavam mágoas antigas, demasiado antigas – e que, nessas mágoas, todos éramos, ao mesmo tempo, vítimas e algozes. Cada família seu manicómio, dizia o povo, e talvez até o dissesse bem.

No dia seguinte, a minha mãe haveria de repreender-me em tom mais sério e preocupado, como sempre me repreendia:

— Tu não devias ter tantos ciúmes do Nuno. Nós gostamos dos dois por igual. Só que o teu irmão é uma pessoa doente. Temos de lidar com ele de outra maneira.

Não era doente, não: era apenas um toxicómano egoísta e egocêntrico, se me é permitida a redundância. Passara a adolescência a fumar haxixe, juntando-se às piores companhias nas traseiras do pavilhão do liceu – e, quando voltara de um acampamento dos escoteiros, que o levara a passar um verão inteiro na ilha de São Miguel, como ajudante de cozinha, já vinha agarrado ao cavalo. Desde então, tudo na sua vida, tanto quanto na dos que o rodeavam, se limitara ao fracasso. Os estudos, interrompidos cedo por causa de uma hipótese de emprego numa oficina de automóveis, já haviam ficado em definitivo para trás. O trabalho tornara-se primeiro de uma intermitência inquietante, ao sabor de contratos e despedimentos e biscates em oficinas dispersas pela ilha toda, e depois um milagre esporádico, que portanto era fundamental acarinhar. E, quando alguém se dera enfim ao trabalho de olhar para ele, para as suas possibilidades de autonomia e de brio, mesmo que a longo prazo, já Nuno era um homem casado, a viver das migalhas da Segurança Social e com dois filhos batizados em honra de personagens de telenovela, tradição de que a mulher não abdicava.

— "Mauro"? Mas que nome é esse, "Mauro"? — perguntara-lhe eu, quando ele me dera conta das suas intenções quanto ao nome do miúdo por nascer, Liliana muito sumidinha ao lado, como se à espera de uma das suas habituais consultas de reabilitação.

E ele:

— É o nome que nós gostamos. E não vale a pena vires com filosofias, armado em continental, porque é esse nome que vamos pôr.

Fiquei convicto de que a minha reprovação acabara por constituir o derradeiro argumento em favor da sua escolha. De maneira que, à segunda criança, mudei de estratégia.

— "Fábia"? Olha, bem bonito. Por acaso, nós próprios já discutimos esse nome uma vez, eu e a Glória. Se um dia tivermos uma miúda, "Fábia" é uma boa possibilidade.

Mas ele percebeu a minha estratégia, riu-se por dentro, olhou para a mulher:

— Vês? E tu a dizeres que ele não ia gostar...

E batizou a filha de Fábia mesmo, delirando com o fato de poder voltar a fazer-me essa desfeita.

Não era estúpido, o Nuno. Pelo contrário: era uma das pessoas mais espertas e perspicazes e articuladas que eu conhecera ao longo da infância. Simplesmente, a partir de certa idade, alguma coisa se desligara dentro dele. De líder das nossas brincadeiras, nas quais eu representava sempre o papel do distraído inútil, transformara-se de súbito num adolescente impenetrável e impossível de mobilizar fosse para o que fosse, numa crescente distância em relação a quase tudo o que lhe interessava antes, a família e os amigos e as tradições da freguesia e o próprio irmão. E, como uma reta mal paralela à outra, acabara, com o tempo, por afastar-se cada vez mais do trajeto que eu julgara (que todos julgáramos) estar-lhe reservado.

Era isso que eu não lhe perdoava, talvez: ter deixado de ser tudo aquilo que um dia me levara a elegê-lo meu ídolo. E, felizmente, havia argumentos suficientes para eu revestir de racionalidade essa decepção pessoal: o fato de viver agora afundado numa miséria que com toda a facilidade teria evitado, a circunstância de lidar com essa pobreza sem qualquer honra ou decoro, a particularidade de chantagear-me sempre que podia, como se a sua condição fosse em primeiro lugar responsabilidade minha – e sobretudo a persistência, excetuando os períodos de internamento em clínicas e em programas de onde saía sempre com uma fúria tóxica sem igual, como se a metadona não passasse de uma antecâmara para a mais deliciosa fase heroinômana de sempre, em viver acoplado aos pais, sugando-lhes o que tinham e tendo mesmo obrigado o velho, num particular dia de ressaca e desespero, com a família toda mobilizada em torno do doentinho e eu retido em Lisboa, sem poder fazer o que quer que fosse, a descer à imundície dos bairros sociais para comprar-lhe uma dose de droga.

Sim, esse argumento era insuperável: a dor que há tantos anos infligia ao nosso pobre pai, ao meu pobre pai, e que nesse dia lhe infligira em dobro, em mil vezes mais, ao ponto de este me telefonar, falar pelos cotovelos, falar de tudo aquilo de que se lembrara como se estivesse felicíssimo, e depois calar-se de repente, respirar fundo e ficar ali com o telefone na mão, a chorar em silêncio durante uma hora, talvez mais, sem mais uma palavra, sem um sussurro sequer, enquanto eu me limitava a segurar o auscultador junto ao ouvido, sem outra coisa que fazer por ele senão isso: estar ali.

— Amanhã vamos todos ao Monte Brasil, combinado? — voltou a minha mãe, com um tom triunfante, a que o seu estrondoso metro e setenta e oito dava contornos quase épicos. — Assamos uns frangos e passamos lá o dia. Não vás arranjar compromissos, Miguel. Marcamos por causa de ti.

E eu, logo acusando o toque:

— Podias ter avisado antes. Mas, pronto, penso que estou livre durante a tarde. Passo lá depois das três.

Conhecia todos os meus botões, a velha. Apertava-os e soltava-os melhor do que aos seus próprios. Por muito que me custasse aceitá-lo, éramos iguaizinhos.

— Depois das três já não dá. O teu irmão tem os pequenos — disparou ela, como se todo o resto da conversa tivesse sido apenas um prelúdio para dizê-lo.

Pensei responder-lhe: "E o que é que tem, ter os pequenos? Portanto, é isso que torna o meu irmão superior a mim, ter filhos? Não te interessa que seja algo que até os cãezinhos da rua têm, filhos?" Mas já não disse nada. Limitei-me a olhar para o meu pai, que continuava ali, com um olhar urgente e a cabeça a rodar feito tonto, à procura de uma deixa que lhe permitisse, enquanto chefe da casa, dar por reinstaurada a concórdia.

Só não resisti a uma pequena referência à desocupação generalizada:

— Mas amanhã é segunda-feira...

E a minha mãe, fingindo-se desentendida:

— Segunda-feira de Carnaval. Há de haver por lá um bocado de gente, mas tenho a certeza de que arranjamos um cantinho. Os dias têm andado um bocado frios, as pessoas não querem sair de casa.

Levantámo-nos, eu e o meu pai, e começamos a apanhar os pratos, cumprindo o ritual que trazíamos da minha adolescência, dos tempos em que Nuno começara a descambar e nós nos uníramos um pouco mais os três, eu, ele e a minha mãe, conversando muito e distribuindo tarefas domésticas e procurando redescobrir a ternura, como se a nós próprios pretendêssemos provar que podíamos vencer o que por aí vinha.

— Sábado, se calhar, vou com o Mauro ver a bola convosco — concedeu Nuno, propondo tréguas. — Como é que é mesmo? Se o Sporting ganhar, o Benfica atrasa-se e o Porto é que é campeão. É isso?

Eu ri-me, o meu pai riu-se comigo e depois rimo-nos todos juntos. Era triste, mas era assim mesmo: mais uma vez, e como há tantos anos vinha acontecendo, o melhor a que o

Sporting podia aspirar era a estragar a festa ao Benfica – e eu estava feliz por deixar de fazer parte daquela mediocridade e daquele ressentimento a que durante tantos anos chamáramos, aliás sem motivos sérios, a qualidade de quem é diferente. Só não sabia ainda como haveria de detonar esse segredo. Mas, de qualquer maneira, ainda não era momento de fazê-lo.

— É isso, filho — respondeu o meu pai.

Tratava-nos muitas vezes por Miguel a mim e por filho a ele. Às vezes, porém, chamava-me a mim amigo, o que era muito mais do que aquilo a que Nuno podia aspirar.

— Era o que faltava os lampiões ganharem isto! — acrescentou, rindo da sua própria miséria, como tão bem faziam os sportinguistas.

Eu desconversei:

— Mas, afinal, de que clube é o Mauro? És do Sporting ou do Benfica, pequeno?

E o miúdo, meio ranhoso, ainda a mastigar o resto de carne que tinha no prato, e que a minha mãe, substituindo-se a Liliana, ausente não sei em que mundo, me impedira de levantar:

— Do Sporting. Mas, mais ainda, sou é do Real Madrid. Eu gosto é do Cristiano Ronaldo.

E sorriu, com a boca muito aberta, mostrando a carne mil vezes triturada no seu interior.

Fiquei a olhar para ele, desconcertado. Até ali, numa pequena ilha que se escapara oceano fora, era hoje possível reclamarmo-nos adeptos do Real Madrid, apesar de nenhuma história nos ligar a ele, apesar de nenhuma memória nos unir a outros adeptos com quem tivéssemos celebrado os seus triunfos ou chorado os seus fracassos. Tanto quanto eu podia imaginar, o futebol que eu amara morria comigo, com a minha geração. Mas, enquanto dois de nós estivessem vivos, ele continuava a existir – e então talvez a grande catástrofe, para o jogo como para a espécie, permanecesse apenas iminente.

Levantei o que restava dos pratos e dos copos e dos tachos e tornei a encher o lava-louças com eles. Vestido com um avental verde e branco, com um símbolo muito tosco do Sporting à frente, o meu pai ia esfregando, devagar, como sempre fazia. Pus-me ao lado dele, a enxaguar a louça que ele lavava, e verifiquei que não notava já o seu cheiro tépido e doce, aquele cheiro só dele que eu conseguiria identificar em qualquer lugar do mundo. Provavelmente, não o perdera: eu é que, em definitivo, passara a cheirar como ele.

Acabei a tarefa e saí para fumar. Os miúdos andavam por ali, a brincar como um dia nós brincáramos – e verifiquei que Mauro, empoleirando-se no pequeno muro que separava a varanda das escadas para o pátio inferior, já conseguia pendurar-se no mesmo ramo do plátano no qual nos pendurávamos quando éramos crianças.

Olhei lá para o fundo, para o mar agora repleto de pequenos pontos brancos de espuma, a que os homens do mar chamavam carneirinhos, e acendi o cigarro. Depois, lembrei--me de Cristina.

A executiva dos sapatos de vidro telefonou-me várias vezes ao longo dos dias seguintes, mas eu continuei sem atender. Pelo contrário, Alberto não telefonou uma só vez, acentuando o distanciamento dos últimos tempos – e, ciente de que tal não podia dever-se a outra coisa senão à aproximação do Sporting-Benfica, o nosso primeiro *derby* em trincheiras diferentes, decidi ligar-lhe eu mesmo, a ver se desanuviava um pouco o ambiente.

— Atão, pá? — respondeu-me do outro lado, evitando aquele "Miguel" que mais ninguém dizia como ele.

E eu, em tom jovial:

— Estás bom, Alberto?

— Está tudo bem — respondeu, quase desfalecendo, como se lhe faltassem já as forças para ser simpático.

Insisti:

— Então, e o trabalho?

Não me interessava nada o trabalho. Nunca me interessara, afinal – e há muitos anos já que um dos grandes desígnios da minha vida era escapar-lhe, a ele e às conversas sobre ele. Na impossibilidade de falar sobre futebol, contudo, não me ocorreu nada senão aquilo. E, mesmo assim, nem esse mote serviu.

— Está tudo bem. Contratos e mais contratos, já sabes. Nesta altura do ano é sempre assim – concedeu apenas, esforçando-se por comunicar.

Dali a pouco já estava eu a despedir-me:

— Bom...

E ele, acorrendo de imediato à deixa, sem esconder o alívio:

— É isso.

E pigarreando:

— Diverte-te aí na terrinha, que isto por aqui só se fala da crise. Um abraço.

E desligou.

Tinha de dar-lhe tempo. Afinal de contas, o futebol representava para ele uma coisa que, apesar de tudo, não representava para mim. Até certo ponto, eram lamentáveis, os efeitos que a minha decisão de mudar de clube estava a provocar à minha volta. Por outro lado, eu não pretendera nunca menos do que submeter-me a um terramoto, determinado que estava a recomeçar, embora não soubesse bem o quê – e a animosidade dos outros, de resto há muito merecida, parecia-me um preço muito pequeno a pagar por essa oportunidade.

Não voltei a usar o telefone durante o resto da semana: limitei-me a andar por ali, entre São Bartolomeu e Angra, enquanto a freguesia e a cidade e a própria ilha recuperavam em definitivo as formas monumentais do passado, eu reduzido de novo a apenas mais um homem, um homem da terra, destinado a nascer, crescer e morrer na terra, até enfim fundir-me com a terra e assumir a forma de um pássaro que, da mesma maneira, nasce, cresce e morre na terra – e que, nesse intervalo de tempo, não sente outra obrigação senão a de cantar sobre as casas dos homens que, cá em baixo, vivem o seu próprio destino de nascer, crescer e morrer na terra também.

Tal era aquela inquietação: suficiente para pôr-me a pensar em homens que se transformavam em pássaros. E, de cada vez que eu me ria disso, logo me ocorria a mesma coisa: homens que se transformavam em pássaros, como a mim próprio me teria cabido um dia transformar-me, se não me tivesse deixado corromper.

Choveu bastante ao longo dos primeiros dias da semana, o que não só prejudicou o passeio em família, como dificultou a rotina da freguesia, envolvida nas suas sempre apaixonadas celebrações carnavalescas. Só na terça-feira à noite, e ao ouvir explodirem os foguetes sobre o terreiro, arrisquei sair de casa para assistir às últimas danças de entrudo a atuarem na Casa do Povo. Nas semanas que antecediam o Carnaval, milhares de pessoas de toda a ilha reuniam-se em dezenas de companhias de teatro popular diferentes, ensaiando bailinhos e comédias, danças de espada e pandeiro – e depois representando-os um pouco por todo o lado, entre plumas e lantejoulas, com recurso a apitos, saxofones e versos em rima cruzada mas honesta, ao longo dos quatro ou cinco dias que durava a folia terceirense.

Não era a minha tradição preferida, até porque as mais recentes idiossincrasias do humor oficial da pátria, ali chegado através da televisão, começavam a contaminar as danças, incluindo muito vernáculo obsceno, muitas tiradas roubadas à publicidade mais tonta e muita futilidade em geral. Por outro lado, e para grande irritação do meu pai, sempre inquieto com a monitorização dos índices de folguedo em vigor, as tradições populares locais não tinham fim – e eu ficava contente por, independentemente da época do ano em que regressasse a casa, haver sempre alguma manifestação de açorianidade alvoroçada ao meu dispor. Em escassas semanas chegaria a Páscoa, com a sua religiosidade suspeitosa, vivida como que no condicional. Pouco depois, vinham os Bodos, com as suas funções e as suas ceias de criadores, as suas verbenas e as suas touradas à corda. E, como, por essa ocasião, o profano já voltara a conquistar espaço ao sagrado, este ia-se deixando reduzir de categoria até se transformar num mero pretexto, primeiro com as festas dos santos populares e em breve com as celebrações dos padroeiros locais, durante as quais as freguesias tentavam reproduzir, à escala, as imponentes festividades anuais de Angra do Heroísmo, vulgo Sanjoaninas.

A cidade, essa, ia vestindo e despindo personagens, naquele virtuosismo camaleônico que a transformava no palco ideal para quase tudo, desde que a música não parasse nunca. Ao longo do inverno, assumia com orgulho o seu papel de museu do tempo das Descobertas, ostentando de encontro à força dos elementos o seu desenho equilátero, a sua retumbante arquitetura religiosa e os seus postos de observação do mar, que ao longo dos séculos a haviam transformado no porto de abrigo perfeito para marinheiros a caminho a glória, e a cujo ardor devemos isso a que hoje, e à falta de melhor termo, chamamos globalização. Já nas estações quentes, voltava a ser a pequena metrópole atlântica que eu gostava tanto de rememorar, ao mesmo tempo decrépita e festiva, com as suas cantarias brilhando à luz amarelada do fim da tarde, enquanto algures os homens dançavam e comiam e bebiam e se abraçavam como se dançar e comer e beber e abraçar-se fosse a sua única missão no mundo e tudo o resto, incluindo o trabalho, não passasse de um intervalo entre celebrações.

Dessa massa era eu feito – dessa melancolia aos supetões, dessa quase esquizofrenia que dominava os meus passos ali, em Lisboa ou em qualquer outro lugar do mundo. E, no entanto, não conseguia deixar de voltar todos os anos à procura de mais, inspirando aquele ar úmido e sorvendo aquele cheiro da terra e prostrando-me perante aquela névoa permanente que era ao mesmo tempo um castigo divino e o afago solícito e trapalhão do próprio Deus, nem sempre lembrado das criaturas que garantiam a sua soberania sobre aqueles nove atóis perdidos no mar. Tudo o resto era chuva: uma chuva às vezes persistente e outras apenas oportunista, determinada a transformar a história de cada infância no triste conto dos piqueniques cancelados à última hora, das tardes de praia que não ocorreram, dos sábados passados a ver televisão porque o dia sonhado, em que ainda por cima havia tourada, acabara em tempestade.

— Não chove mais esta semana — disse-me José Corvelo, na quinta-feira de manhã, faltavam então dois dias para o Sporting-Benfica.

Encontrámo-nos na paragem da camioneta, por acaso, eu fumando em silêncio e ele apoiado no seu guarda-chuva, muito prezado, com as mesmas calças de bombazina cinzenta e os mesmos sapatos pretos que eu já lhe vira dezenas de vezes, mas que em todo o caso usava em duas ocasiões apenas: para ir à missa e para deslocar-se à cidade, no primeiro caso todos os domingos de manhã e no segundo apenas de vez em quando, se lhe escasseava o adubo ou se se lhe partira o cabo do alvião ou se se lhe havia acabado o peixe seco e era preciso ir comprar mais chicharro para pôr ao sol.

Perguntei-lhe:

— Oh, tio José. Como vai isso?

E ele, procurando pôr um ar fleumático, como se aquele fosse apenas mais um encontro casual na sua rotina diária, mas de imediato os olhos muito pequeninos e vivos denunciando a alegria de ver-me:

— É a desbancar.

E rimo-nos os dois, como sempre fazíamos.

Era apenas um jornaleiro, José Corvelo. E, porém, fora o grande sábio da minha infância, o homem que sabia fazer tudo, plantar uma árvore e acender uma fogueira e cantar a *Maria da Fonte* e até falar de futebol. Os outros riam-se dele, os mais velhos e os mais novos, chamando-lhe maricas e masturbador e bêbado e até ladrão, entre os tantos e tantos insultos que a ruralidade mais cruel sempre dedica aos seus homens solteiros. A mim, ainda bem criança, começara por ensinar-me um monte de ditados populares, num certo dia de chuva em que fora a casa de Maria Carminda semear já não sei o quê e me vira às voltas com o caderno de Português, à procura de provérbios. Depois, tornara-se meu amigo, o meu amigo velho, a minha enciclopédia viva sobre os ciclos da natureza e os fenômenos atmosféricos e as tradições orais – e, enquanto eu me punha sentado numa pedra a catar minhocas com um pauzinho e a vê-lo cavar, ia-me contando histórias, com a infinita paciência e a contida ironia do homem que conhece a importância do saber do povo, mas não se esquece nunca de que se trata, mesmo assim, de uma ínfima porção do conhecimento existente do mundo.

— A modos? Mesmo a desbancar? — voltei eu.
E ele:
— Estou-me consolando.
E tornamos a rir.

Usava a mesma linguagem de Maria Carminda, de cujo tempo era um dos últimos sobreviventes na freguesia – e, tal como o meu pai, gostava de divertir-me exagerando essa linguagem, fazendo desfilar em poucos segundos "tarelo" e "tafulho" e "arrefiar" e "enriçar" e todos os demais termos em desuso que conseguisse enfiar na mais circunstancial das conversas.

No fundo, podia ter sido o que quisesse, tal era a sua argúcia, a sua presença de espírito, o seu mundo. Preferira ser aquilo, o homem que amanha a terra – e, enquanto vínhamos descendo de São Bartolomeu para a cidade, sentados lado a lado no autocarro, eu ia olhando para os cerrados de terra lavrada que desfilavam de ambos os lados, à espera das primeiras culturas do ano, e voltava a ter a certeza de que ele não poderia ter sido nada melhor do que isso. Todos os anos ver a terra lavrada me comovia mais do que no ano anterior.

— Home', e esse jogo de sábado? Estás preparado? — brincou José Corvelo, já nos tínhamos ambos apeado do coletivo, Angra imersa no seu bulício pequenino, um sol suave afagando-nos agora o rosto, numa breve amostra de primavera.

O futebol, que fora um dia o seu tema predileto para me arreliar, tinha-se tornado, nos cada vez mais esparsos encontros que os meus regressos a São Bartolomeu nos iam reservando, uma espécie de nova cumplicidade. Sendo ele do Benfica, o mais natural seria envolvermo-nos numa discussão sempre que o assunto se levantasse. Mas José Corvelo tinha-me em boa conta – e, como também eu o tinha em boa conta a ele, podíamos ambos, estando juntos, ser apenas avisados, rindo-nos de nós mesmos um de cada vez, consoante as vitórias de um e as derrotas do outro, que em qualquer dos casos permaneciam mais expressivas estas do que aquelas.

— Ai, tal conversa tola... — suspirava ele então, ao fim de dois minutos a discutir futebol comigo.

— E é que disto, tenho a impressão, já não saímos... — respondia eu.

E logo fazíamos as pazes.

Na verdade, também ele se interessava menos pelo jogo do que aquilo que demonstrava. Acontece que era um homem sozinho, com as noites na venda do Francisquinho por entretém mais garantido – e, como tinha um certo gosto pelos debates na televisão, acabara por dominar tão bem o assunto do jogo da bola como qualquer outro.

De maneira que, quando me perguntou pela partida de sábado, naquele tom ao mesmo tempo interessado e divertido com que sempre se referia ao futebol, não me ocorreu outra solução senão contar-lhe da minha metamorfose.

— Mudei para o Benfica — disse-lhe, de uma assentada.

Íamos subindo o Alto das Covas, a caminho da loja de ferragens onde ele precisava de comprar um utensílio qualquer, e à qual, à falta de outros afazeres, eu decidira acompanhá-lo.

— Dizem que não se pode mudar de clube, mas eu, com franqueza, não percebo porquê — voltei. — Pois mudei para o Benfica. Mudei para o seu clube e agora, sinceramente, ganhei uma raiva ao Sporting que nem posso vê-los.

Ele ouviu-me com paciência, parou por momentos e retomou a caminhada. Depois tornou a parar, deu a entender que ia pronunciar-se e hesitou de novo, fazendo-me em definitivo lembrar Pedro, umas semanas antes, num certo café "multifacetado" de Lisboa. A seguir, parou mais uma vez ainda – e, então, sim, acabou com o suspense:

— Raiva ao Sporting? Tu estás enganado, pequeno. A gente brinca, brinca, mas o Benfica não tem raiva nenhuma ao Sporting. O Benfica só tem raiva é ao Porto. O Sporting nem sequer conta para o campeonato.

Estávamos a começar a descer a Rua da Sé e paráramos em frente a um antigo solar que os anos se haviam encarregado de transformar em sede do Lusitânia, décima-quarta filial do Sporting. Olhei para o velho, de ar impassível, como se já nem esperasse a minha reação, e percebi que o detestava.

Não sei se cheguei a amar o Lusitânia como vim a amar o Sporting, mas houve um tempo em que eu não percebera ainda que havia mais terra e mais gente do que aquelas a que o mar e o basalto me confinavam – e, durante esse instante de inocência e doçura, o Sport Clube Lusitânia tornou-se o meu campeão do mundo, o primeiro clube de futebol a fazer de si próprio a minha identidade. Ao todo, demorou dois anos, no máximo três, esse período em que tantos dos meus fins de semana culminavam com uma tarde no Campo de Jogos Municipal de Angra do Heroísmo, a assistir às partidas dos Verdes da Rua da Sé. E, contudo, foram todos escrupulosamente passados ao lado do meu pai, esses domingos. De alguma maneira, estou convencido, nasceu aí tudo o que nos ligou e distanciou e voltou a ligar ao longo da vida.

A primeira vez que fui ao futebol tinham passado poucas semanas sobre o meu sexto aniversário. De visita à ilha, como acontecia todos os verões, o meu padrinho presenteara-me, pouco antes do regresso ao Canadá, com um equipamento completo do Lusitânia, incluindo a camisa verde e branca, os calções pretos e as meias listadas – e ali mesmo ficara decidido que o meu pai me levaria a ver uma partida, dando-me a oportunidade de despertar, enfim, para esse jogo maravilhoso de que todos os rapazes da minha geração, inclusive o meu irmão, três anos mais velho, já se haviam dado conta, mas a que por alguma razão eu parecia indiferente.

Lembro-me de suspirar, frustrado por verificar que o embrulho não continha comboios ou aviões ou carros de pilhas, brinquedos que então ainda rareavam nas ilhas e para cuja existência só os tios da América e do Canadá podiam elucidar-nos:

— Olha, uma roupa do Sporting. Mas eu não gosto de futebol...

E de pronto o meu pai acorreu, envergonhado com a minha ingratidão:

— Não gostas porque nunca viste. Assim que houver um jogo, vamos ver.

E gesticulando muito, como se eu tivesse ofendido a assembleia:

— Além disso, não é do Sporting. É do Lusitânia!

Eu nunca tinha ouvido falar do Lusitânia. O Lusitânia não aparecia na televisão, não figurava nas emissões de rádio com que eu me cruzava e não fazia parte das conversas sobre futebol que eu surpreendia, enfadado, entre os bêbados que enchiam a venda sempre que eu lá ia fazer recados à minha mãe. Quando vesti pela primeira vez aquela camisa, porém, senti-me estranhamente confortável dentro dela, como se tivesse passado, repentinamente, a fazer parte de alguma coisa maior do que eu. E, quando o meu pai encerrou o debate:

— Estás a ver? Serve-te e tudo. Quem é que disse que não és do Lusitânia?

Eu dei de súbito por mim a pensar: "Sou do Lusitânia. Sou do Lusitânia e qualquer dia vou ver um jogo".

Acabei por andar com o equipamento vestido ao longo do que restava das férias, todos os dias, apesar dos reiterados protestos da minha mãe, que preferia ver-me limpo e agasalhado – e creio que, se o meu pai não me houvesse levado depressa ao futebol, ninguém teria conseguido despir-mo, mesmo depois de começada a escola e de regressados os nevoeiros e de acercado o Natal. Até que, num certo domingo de setembro, reunidos os quatro na cozinha para o pequeno-almoço, o meu pai pôs um ar triunfante:

— Hoje não há missa para ninguém. Damos o nosso passeio de manhãzinha, porque à tarde eu e o Miguel vamos ver o Lusitânia.

Lembro-me de Nuno ter protestado, com aquela sua pesporrência precoce que na maior parte das vezes eu achava formidável, e que naquele dia achei maravilhosa:

— Eu não quero. Gosto muito de jogar à bola, mas ver um jogo de futebol é uma seca.

Calhara-lhe um mau padrinho, daqueles que nem visitavam, nem davam presentes, nem sequer enviavam postais de Natal com dez dólares no meio. No fundo, estava a morrer de inveja. E, todavia, uma coisa ficara bem clara desde o início: iríamos apenas eu e o meu pai, aquela figura distante e indecifrável de que eu tantas vezes me esquecia, mas a cujo olhar ao mesmo tempo relutante e compassivo, mesmo angustiado, não conseguia nunca ficar indiferente. Agora que torno a pensar nisso, o traço distintivo daquele jogo, tal como o de tantos jogos que ainda se seguiriam, foi esse: o de tratar-se de algo a que só eu e o velho assistíamos, de algo que fazíamos juntos e mais ninguém vinha conosco. Depois, todavia, entrou em campo o Lusitânia, com os jogadores em fila indiana, altivos e impecáveis na mesma roupa que eu próprio vestia – e, então, passaram a significar mais ainda, aqueles domingos, aquele campo de jogos, aquele desporto.

Nesse primeiro dia, ganhamos por dois a zero a uma equipe do Alentejo, no que mais tarde viria a ser recordado como o passo inaugural na gloriosa aventura que levaria pela primeira vez uma equipe de futebol açoriana à segunda divisão nacional. E, no entanto, não se esgotava ali, entre as quatro linhas, o que aquela partida e aquele extraordinário jogo que eu então descobria tinham de interesse. Do portão principal à bancada, do peão à cabeceira – cada recanto, cada pequeno colóquio e cada urro coletivo contavam a sua própria história. E, embora tenha de início tentado chamar-me a atenção para o desafio, contrariado com a dispersão das minhas atenções, mesmo o meu pai, posso garanti-lo, acabou por dar-se conta de cada uma dessas histórias, no que para sempre guardarei como o primeiro dia em que, afinal, nos percebemos um pouco um ao outro.

Começamos por ficar do lado de fora do recinto, disfarçando, à espera de que o soasse o apito inicial do árbitro e o porteiro, que tocava na banda de São Bartolomeu e tinha umas reses com cujo o licenciamento o meu pai o ajudara, pudesse deixar-nos entrar à socapa. Depois, e como que por magia, todas as portas se nos abriram, uma atrás de outra, o peão onde os homens ficavam em pé, fumando e debatendo soluções táticas, a cabeceira a poente onde se estacionavam automóveis em cujos bancos da frente havia senhoras a tricotar, olhando de soslaio para a partida, e até a bancada central, sobre cuja pedra os homens importantes estendiam almofadinhas de napa ou jornais do continente, para protegerem as calças do musgo que a umidade das ilhas fazia nascer em todo o lugar onde não pudesse fazer nascer mais nada.

— Tens de aprender a ver o jogo, Miguel. Estás a olhar de roda, a olhar de roda, a olhar de roda... Olhas para todo o lado menos para o campo — censurou-me o meu pai.

E foi como se, pela primeira vez em muito tempo, aquela voz me soasse familiar.

Perguntei-lhe:

— Domingo que vem podemos vir outra vez, pai?

E ele:

— Mas por que é que queres vir outra vez domingo que vem?

— Porque eu sou do Lusitana.

À semelhança de tantos homens cujas conversas já escutara ao longo daquela tarde, eu decidira de repente começar a chamar-lhe "lusitana", como um adjetivo – e ainda hoje acho que havia sabedoria nisso, que um clube de futebol, quando se entranha em nós, é também uma natureza, uma cor, um peso e uma medida. De resto, pareceu-me desde o início que tudo o que havia de bom e de decente e de elegante no mundo estava ali, naquele campo de jogos, os atletas lutando entre o pó que o vento fazia erguer da terra batida, os homens bem vestidos esgrimindo os seus guarda-chuvas de encontro ao céu, num protesto benigno, e as senhoras torcendo o nariz ao fundo, dentro dos carros, meio divertidas e meio contrariadas, como se não pudessem perceber nunca que os seus homens continuassem a encantar-se com aqueles rituais estéreis e infantis.

Nesse dia, celebrei ambos os gols de maneira ainda um tanto atabalhoada, o primeiro sem me aperceber muito bem do que acontecera e o segundo continuando a gritar muito para lá dos restantes espectadores, o que me mereceu a censura tímida do meu pai, uma gargalhada geral em volta e uma piscadela de olho cúmplice do senhor gordo sentado ao nosso lado, e que haveria de passar o resto da tarde a dividir comigo umas deliciosas florzinhas de milho frito, a que só mais tarde ouvi chamar pipocas e de que ele parecia determinado a empanturrar-se, tal a avidez com que chamava e voltava a chamar o vendedor que percorria a bancada com os seus dois cestos de vime gritando: "Ora meixe!". Mas já então eu decidira que aquele era o meu lugar natural, o meu santuário e a minha gente – e, embora envergonhado por ter sido apanhado duas vezes em falta, sentia-me pronto a tentar tantas vezes quantas fossem precisas até acertar com as celebrações e os demais ritos de bancada.

Para além de tudo, eu havia descoberto as pipocas.

Voltamos dali a duas semanas, tornando a esperar cá fora até o porteiro nos mandar entrar às escondidas, o meu pai com a coluna muito direita, numa dignidade esforçada – e então foi ele quem me comprou o milho frito, muito solícito, um pacote por cada quarenta e cinco minutos de jogo, e logo os dois comendo-as nervosamente, à mão cheia, ansiosos pelos gols que tardavam. Depois, continuamos a voltar, sempre sozinhos, dois fins de semana por mês, ao ritmo dos jogos que o Lusitânia tinha de disputar no seu próprio terreno. Nos domingos em que a partida era no continente, então, sim, íamos com a minha mãe e o meu irmão à missa de manhã, cada um com a sua melhor *toilette*, e depois passávamos a tarde às voltas pela ilha, os quatro muito apertadinhos no Renault 5, comendo gelados, parando nas freguesias em que havia festas e touradas ou apenas detendo-nos a olhar para o mar.

Às vezes visitávamos pessoas, doentes ou saudáveis: gente que se repetia de mês para mês e gente de que eu nem sequer me lembrava, que cheirava de maneira diferente e que morava em casas que cheiravam de maneira diferente também. Outras vezes vagueávamos apenas, os quatro em silêncio – e, apesar dos protestos da minha mãe e do invariável amuo do meu irmão, que entretanto também já não queria ouvir futebol na rádio, o meu pai acendia a telefonia e ficávamos ali todos a ouvir o relato dos desafios que o Lusitânia ia disputar ao continente, transmitidos quinzenalmente pelo Rádio Club de Angra, "a voz da Terceira", em onda média e frequência modulada. Então, passava-se mais uma semana e chegava o momento de voltarmos os dois ao campo de jogos, eu e o meu pai e, claro, de comermos pipocas juntos.

— Tu és bom pequeno — dizia-me às vezes Carminda, provocando-me. — Devias ser do Angrense. Olha que quem não é do Angrense não é bom chefe de família.

E eu, todo irritado, puxando prontamente daquilo que já então ouvia dizer nas bancadas do velho Municipal:

— Um homem muda de mulher, muda de partido, muda de religião, muda de tudo aquilo que quiser, mas de clube é que não muda nunca. A vavó não sabia?

— Tu não és um homem, és um pequeno. E eu cá acho que és do Angrense — voltava ela, divertida, provocando-me ainda uma última vez.

O Angrense era o outro clube de Angra, filial do Benfica e não do Sporting, vermelho e não verde e branco: o grande rival do Lusitânia ao longo de cinquenta anos até que, enfim, o adversário se emancipara e passara a representar a ilha e o arquipélago contra as equipes do continente. Fora aqui que eu entrara, pelo que não conseguia sequer perceber bem como pudessem os dois ser colocados frente a frente, ao mesmo nível. E, fosse como fosse, o Lusitânia era o único clube de futebol que existia no mundo, o Lusitânia e mais nenhum, tudo o resto destinado apenas a ser devorado na arena do nosso desapiedado circo de feras.

Só depois, já com a escola adiantada, as urgências tribais na ordem do dia e a instituição do domingo em processo de degradação acelerada, com graves consequências para a própria instituição da família, apareceram na minha vida o Sporting e o Benfica. Apesar da minha tão fácil adesão ao futebol local, a verdade é que a maior parte dos miúdos da minha idade não tinha qualquer interesse no Lusitânia ou no Angrense, a não ser que tivessem um familiar ligado a um desses clubes ou pretendessem, quando muito, experimentar eles mesmos a carreira de futebolista, caso em que não lhes restava outra solução senão começar pelos clubes ao pé da porta. E, sem consternações aparentes, o meu pai acompanhou em silêncio a minha transformação, passando a viver comigo as noites de sábado em frente à televisão, cada um de nós com um cachecol ao pescoço, cada um nós correndo para a bandeira suspensa ao canto da cozinha sempre que havia gol do Sporting – tudo, no essencial, com a mesma devoção que antes dedicávamos aos desafios do Lusitânia disputados no velho Municipal. O hábito de jogar futebol na estrada, fintando os automóveis e fazendo baliza do portão verde da casa de Maria Carminda, é contemporâneo dessa metamorfose.

Hoje, tenho essa transição devidamente absolvida dentro de mim, mas também a certeza de que tudo o que o futebol me trouxe de autêntico e de verdadeiro estava já concentrado ali, naquele tempo que passei a caminho do Campo de Jogos, de mão dada com o meu pai. O Sporting e os jogos pela televisão e os cachecóis e as tigelas de pipocas salgadas que depois passamos a devorar não passaram nunca, na verdade, de uma maneira de perpetuar o que ainda era perpetuável de uma rotina e de uma ternura que o ocaso da infância, como era de prever, haveria de diluir bastante.

Quanto ao resto, e mesmo quando a minha vida de Lisboa se confundiu vagamente com uma certa ideia de sucesso, trazendo-me a curiosidade (e talvez, uma vez por outra, o respeito) dos vizinhos a quem o meu pai ou a minha mãe contavam feitos mais ou menos assombrosos da minha parte, tentei não esquecer-me nunca do que haviam sido aqueles domingos mágicos. "O Miguel é um rapaz/ Que se fez à sua conta/ Mas com um espírito tenaz/ Que à nossa terra remonta", havia-me cantado uma vez, do palanque das festas, durante um dos meus regressos à ilha, um cantador ao desafio da freguesia, e cujos olhos translúcidos, demasiado azuis, me metiam medo desde a primeira infância. E eu, tão envaidecido como covarde, sorri para o palco, fiz uma breve vênia e deixei-me ficar, em vez de subir para cima dele e objetar de imediato, com toda a ênfase que conseguisse encontrar, a esse elogio do homem "que se fez à sua conta". Nunca me perdoei por isso. Em boa verdade, tudo o que eu sou, tanto quanto tudo aquilo que podia muito bem ter sido, se alguma vez o tivesse querido, devo-o ao meu companheiro de Campo de Jogos. O meu pai, sim: esse que nunca se preocupou com outra coisa senão com plantar-me a semente renovadora e até um pouco maligna da autodeterminação, incutindo-me a necessidade de suplantar o destino que me parecia guardado. Por muito que eu me tivesse esforçado, e ainda que o tivesse mesmo feito, jamais conseguiria ser durante cinco minutos metade daquilo que ele fora ao longo de toda a vida, sem uma hesitação, sem uma ressalva, sem outra intenção que não apenas sê-lo.

Bem vistas as coisas, talvez ainda me restasse isso, naquele dia em que me preparava para o primeiro Sporting-Benfica do outro lado da barricada, torcendo exatamente pelo clube de que sempre desdenháramos juntos. Apesar de tudo, do seu imenso cansaço e das muitas concessões se vira obrigado a fazer no meio do caos familiar, até por uma questão de sobrevivência (ou talvez só por causa disso mesmo), eu ainda admirava o velho. Pensando bem, a mais tênue fronteira entre a sanidade e a loucura não poderá traçar-se noutro lugar senão aí mesmo: na possibilidade de, para além de tudo o mais, um homem continuar a admirar o seu pai. Pobres daqueles que não o consigam nunca.

— Ainda não sei como hei-de dizer-lhe. A verdade é que já não sou do Sporting — contei à minha mãe, ao chegar a casa, no final desse dia às voltas pela cidade.

Ele estava lá dentro, na brincadeira com os netos, assistindo às suas tropelias com um ar ao mesmo tempo deleitoso e amargurado. Os miúdos gritavam "Vavô!" a cada duas palavras, divertidos e supliantes e de novo divertidos – e, de cada vez que o faziam, era como se se apercebessem de que a mais ninguém podiam confiar-se.

— Como é? Deixaste de gostar de futebol? — perguntou-me ela, e no seu rosto havia um certo comprazimento por, mais uma vez, ter desmascarado a minha presunção e a minha empáfia.

E eu:

— Não, mãe. Deixei de ser do Sporting. Mudei para o Benfica, e agora não sei como dizer-lho.

Ela ficou ali especada, por uns instantes, indecisa. Depois foi até à porta da cozinha e empurrou-a devagar, até fechá-la por completo. Cerrou o sobrolho e esticou-me um indicador:

— Tu nunca mais, na minha casa, voltes a dizer isso que acabaste de dizer. E, se estiveres a pensar falar disso com o teu pai, é melhor pensares duas vezes, que é para a gente não se chatear a sério.

Então, voltou a abrir a porta e pôs-se a arrumar a cozinha e a cantar, a cantar muito alto, como se os últimos minutos da sua vida não tivessem nunca existido.

Olhei para ela, ali, muito alta e desengonçada, tão diferente da mulher pequenina e roliça das ilhas, varrendo sem critério ou atenção, apenas com fúria contida, e quase fui capaz de amá-la.

O dia do Sporting-Benfica, o meu primeiro *derby* na pele de um benfiquista, amanheceu cinzento mas seco, o melhor a que, naquela época do ano, se podia aspirar nas ilhas. De uma garagem próxima ecoavam os ensaios da filarmônica da freguesia, preparando-se para as muitas atuações a que seria chamada a partir da Paixão. Lembro-me de ouvir tocar aquela banda, alternando melodias lúgubres e exuberantes, como se no fundo contasse da própria vida, e de tê-la considerado o derradeiro resquício de tudo o que na história da espécie houvera um dia de brio e de retidão e de generosidade, o último estertor de uma coisa antiga e tragicamente extinta em quase todo o lado, menos ali. Era ela própria uma terra antiga, aquela. E era uma terra boa.

— Afinal, não vou poder ir convosco ver a bola. Tenho uns assuntos para tratar — disse-me Nuno, ignorando os meus bons-dias. — Mas não te preocupes, que o Mauro vai convosco na mesma.

Eu tinha acabado de acordar e não encontrara mais ninguém na cozinha senão ele, o que desde logo apresentava os seus embaraços. Nuno tinha a sua casa, onde vivia com a mulher e os filhos, mas feitas as contas nunca saía dali, porque até para o pão com manteiga matinal continuava a ter de recorrer aos velhos. Estive para perguntar-lhe: "'Não te preocupes'. Por quê? Por que estaria eu preocupado?", mas calei-me. Teríamos ido dar a nova discussão circular. Naquela fase das nossas vidas, para mais, duas coisas eram certas:

tivéssemos que razões tivéssemos e usássemos que argumentos conseguíssemos encontrar, o meu irmão saía sempre de uma discussão comigo convencido de que a vencera; e qualquer discussão entre nós envolvendo os filhos dele, com cuja educação eu jamais poderia concordar, resultava em desfavor dos interesses dos próprios miúdos, em todas as oportunidades usados como arma de arremesso contra mim.

— Muito bem. Mas é melhor combinares isso com o pai, que eu não sei se não tenho coisas a fazer antes também — respondi, procurando ser vago.

Tentava sempre ser vago, porque todas as minhas entoações, tratando-se de Nuno, eram passíveis de ser entendidas como uma provocação.

— Muito bem — respondeu ele. — Eu combino com o pai.

E logo brincando comigo, naquele seu jeito totalmente desprovido de cumplicidade, e que era ele próprio desafio:

— Muito bem. Muito bem. Muito bem. Muito bem.

Peguei numa maçã e virei-lhe costas – e mesmo assim senti-me a encolher ao de leve os ombros, como se ele pudesse ainda agredir-me por trás. Eu podia, de fato, ter evitado aquele tão lisboeta "muito bem", que ele nunca perderia a oportunidade de confundir com bazófia. Simplesmente, nem me questionara sobre se se tratava de uma expressão de Lisboa ou dos Açores. A verdade é que as confundia cada vez mais – e, pior, não fazia a mínima ideia do que isso podia significar.

Passei o resto da manhã a passear pela freguesia, a pé, da ponte até à boca da Canada da Igreja e voltando à ponte, depois em direção à Cruz, percorrendo todo o Pesqueiro e subindo a Canada da Calçada, de regresso ao ponto de partida. Em quase todas as casas havia um plátano ou uma amoreira, a maior parte das vezes moldada como uma latada natural, transformando as varandas em caramanchões. Só algumas casas mais recentes se apresentavam sem uma árvore junto à porta principal. Pareciam-me casas tristes, e de certeza Maria Carminda concordaria comigo.

No topo da Canada da Calçada, junto ao torreão, cruzei-me com José Corvelo, que me perguntou, não sem algum sarcasmo:

— Sempre vens ver o jogo, ó sportinguista?

Limitei-me a sorrir.

O almoço decorreu sem grandes incidentes, apesar de um dos habituais achaques de Liliana – uma súbita dor não sei onde, e honestamente faltaram-me as forças para perguntar – ter levado a minha mãe a nova sessão de chantagem emocional em defesa da pobre nora, dos pobres filhos da nora e, claro, do seu próprio pobre filho, que tão empenhado continuava em garantir a sobrevivência do clã por entre as muitas armadilhas que o mundo, cruel, lhe havia posto no caminho.

Olhei para o meu pai: estava a meter-se com Mauro, brincando com a sua barriga redondinha de criança – e era como se os dois tivessem de repente partido para um mundo só deles, o meu pai carregando o neto ao colo no meio dos escombros, da mesma forma como, a partir de determinado momento da minha infância, fizera comigo. Pensei: "Vais ser recordado como um bom avô, pai. Vais ser recordado como um bom avô, tanto quanto um dia te recordarei como um bom pai." E, como se me ouvisse, ele virou a face para mim e sorriu-me ao de leve, com aquele sorriso de justiça e de irrevogabilidade de que só os homens de bigode se podem orgulhar.

Terminada a refeição, enfiei-me no quarto, determinado a passar o resto da tarde a ler. Ao fim e ao cabo, tinha sido uma infeliz coincidência, aquela viagem calhar em semana de Sporting-Benfica. De outra forma, tudo teria sido bem mais fácil – e, quando enfim déssemos por nós, eu e o meu pai, já teria passado sobre aquele estremeção um campeonato quase todo, incluindo derrotas e vitórias, e nem por isso o fato de estarmos agora em lados diferentes do campo de batalha nos tinha matado. Muito mais nos unia do que o jogo da bola, na verdade: muito mais nos unia desde o princípio e muito mais nos uniria até ao fim. E tudo o que eu podia esperar agora era que, apesar da desnecessária desilusão daquele sábado, pudéssemos abraçar-nos no dia seguinte, à hora da minha partida, como se nada se tivesse passado. Afinal, tratava-se apenas de futebol – nada de realmente importante teria acontecido.

Despi o casaco, acendi o candeeiro e reclinei-me sobre a almofada. Conferi o telefone: nem Alberto, nem Pedro, nem Cristina, nem sequer algum tipo do *call center*, aflito com uma apólice difícil requisitada em pleno sábado – ninguém telefonara, ninguém enviara mensagens. Peguei num dos livros que tinha trazido e deixara intocados sobre a mesa-de-cabeceira ao longo de toda a semana, mas julgo que não consegui concluir sequer a primeira página. Quando me dei conta, eram sete e meia da tarde e tinha o meu pai a abanar-me, numa excitação quase infantil:

— Acorda, Miguel. Acorda! Já só falta meia hora, amigo!

Descemos a freguesia os três, nós e Mauro, ele com um cachecol verde e branco ao pescoço e o miúdo completamente vestido à Sporting, tal como um dia eu me vestira à Lusitânia para ir ver os meus primeiros jogos de futebol. De várias outras casas iam saindo pais e filhos e netos e sobrinhos, alguns de cachecol e outros até de bandeira, alguns de verde e outros de vermelho. De repente, era como se ninguém se lembrasse já se estávamos nos Açores ou em Lisboa, a caminho do salão social da Casa do Povo de São Bartolomeu, onde se podia ver os canais desportivos de graça, ou da bancada central do próprio Estádio Alvalade XXI, onde no fim de contas estariam, dali a instantes, os corações daquela gente toda.

Uma paixão de tal magnitude, vivida a dois mil quilômetros dos acontecimentos, em muitos casos por gente que nunca sequer havia transposto as fronteiras da ilha, tinha algo de maravilhoso.

— Ó avô, mas por que é que não trouxemos a bandeira grande — lamuriava-se Mauro, como se apenas a bandeira da minha adolescência o separasse agora da felicidade absoluta.

— Porque tínhamos de trazer o pau grande também, e podias-te pisar. Mas, se o Sporting ganhar, pomo-la na varanda, combinado? — explicava o meu pai, uma vez após outra.

Estava tão feliz como o miúdo.

Quanto ao jogo, eu podia talvez dizer que as coisas não correram como eu previra, mas isso seria pecar por defeito. Para começar, os velhos da Casa do Povo acolheram-nos com um misto de ternura e de deferência, o meu pai bem integrado no meio deles, como se não houvesse passado uma vida inteira a granjear ressentimentos pelo simples fato de zelar pelos interesses comuns, o meu sobrinho feito mascote daquilo tudo, sportinguistas e benfiquistas por igual, e eu próprio mimado com apertos de mão e abraços, perguntas sobre Lisboa e até histórias mirabolantes da minha infância, de cujos pormenores todos pareciam recordar-se mais vividamente do que eu. Depois, José Corvelo manteve-se durante todo o jogo sentado a um canto, olhando para mim em vez de olhar para o ecrã, como se a si mesmo se tivesse incumbido de uma missão mais importante do que ver o Benfica. E, depois ainda, Mauro, esquecido do Real Madrid (era o Real Madrid?), decidiu presentear os convivas com um autêntico recital de ardor sportinguista, saltando e sentando-se, gritando gol fora do momento certo e logo calando-se envergonhado, como eu próprio fizera na infância – e depois, de novo, incentivando os jogadores e celebrando as defesas dos goleiros e pedindo pênaltis e batendo palmas e fazendo caretas na direção dos velhos benfiquistas de cada vez que o Sporting construía nova jogada de ataque e, mesmo sem fazer gol, gerava *frisson* na grande área adversária.

— Vai ser gol, vai ser gol, vai ser gol... Iiiiiih!... — excitava-se, a cada remate ao lado, a cada corte *in extremis* por parte de um defesa adversário, a cada impedimento assinalado aos atacantes de verde e branco. Depois, olhava para mim e abria um sorriso maravilhoso, traquinas, em jeito de: "Não tarda marcamos, tio — não tarda marcamos!".

Sporting dominou durante toda a partida, quase não cedendo oportunidades de gol ao adversário e construindo ele próprio uma boa dezena delas. Mauro ia devorando chocolates, nós bebendo cervejas e comendo tremoços, amendoins, favas escoadas – tudo menos pipocas, petisco demasiado feminino, suponho, para tal anfiteatro de virilidade. Então o meu pai rompeu o silêncio, acotovelando-me ao de leve:

— Tu queres ver que isto vai ser o costume? Nós em cima deles o jogo quase todo, e depois eles a virem por aí abaixo, em contra-ataque, e a enfiarem-nos uma batata?

Mas eu continuei sem dizer nada.

Até que, aos setenta e sete minutos de jogo, o centroavante do Sporting, um brasileiro buliçoso e pequenino, com uma tez castanho-amarelada que denunciava gerações e gerações de mestiçagem, detectou a perna de um adversário cruzada à sua frente, em plena área, e, esquecendo a bola, se permitiu cair devagarinho, com a graça de uma Julieta envenenada.

O árbitro apitou para grande penalidade, os sportinguistas deram um salto na cadeira, quase abalando as fundações do edifício, e os benfiquistas deram um salto ainda maior, contestando a legitimidade do pênalti. A comoção durou exatamente um minuto e trinta e oito segundos, tanto quanto o juiz levou a mostrar cartões amarelos a três jogadores do Benfica e a acabar de vez com o protesto. Então, os benfiquistas calaram-se, na esperança de um falhanço e os sportinguistas calaram-se também, não só esperançados no gol, mas felizes inclusive porque, se era mais Sporting quando perdia de maneira inglória, o Sporting era ainda mais Sporting se, vencendo, a vitória fosse passível de refutação. Finalmente, o bailarino índio colocou a bola no pontinho branco a meio da grande área, recuou até ao semicírculo, sempre sem tirar os olhos da baliza, esperou por instantes o apito do árbitro, com cara de mau, correu para a bola e enfiou-a no canto superior direito da baliza, com um remate em folha seca, sem qualquer hipótese de defesa para o guardião adversário, como o narrador viria a repetir até à exaustão.

Lembro-me de ter pensado, durante aquele instante sublime em que o rapaz corria para a bola e já ela voava em direção à glória: "É uma fórmula, o pênalti. Uma equação com três parcelas: força, colocação e dissimulação. Observar duas delas é sempre suficiente para penetrar nos jardins do Olimpo. Um pênalti marcado com força, bem colocado e em que o goleiro seja enganado entra sempre. Mas um pênalti forte e colocado também entra, mesmo sem dissimulação. Um pênalti dissimulado e forte sobreviverá sem colocação. E um pênalti colocado e dissimulado é sempre gol, ainda que não tenha muita força. É a ciência ao serviço da arte. Sim: o pênalti é o mínimo múltiplo comum entre arte e ciência".

E, porém, quando a bola entrou já eu ia no ar com ela, em direção aos braços do meu pai, os dois gritando gol e Mauro gritando gol no meio de nós, São Bartolomeu despindo-se de casas e de gente e de árvores até ficarmos os três ali, só nós três, abraçados e rodeados de luz, de uma luz branca e suave, num universo inteiro onde apenas existíamos nós e o Sporting que ganhava e nos fazia felizes e nos punha a fazer planos para vermos juntos o *derby* seguinte – e depois nos levava a abraçarmo-nos ainda mais uma vez, certificando-nos de que não ficava por dar nem mais um abraço que fosse entre nós.

Parti para Lisboa no dia seguinte, pela manhã. Já depois das despedidas, e ao sair de casa ao lado do meu pai, que como de costume fizera questão de levar-me sozinho ao aeroporto, olhei para trás e vi a minha mãe a verter uma panela de sopa para um *termus* azul-escuro que Nuno tinha na mão. Passara para despedir-se, mas deixara a mulher e os filhos em casa, de forma a retirar pompa ao momento. Olhei para o *termus* e reconheci-o de imediato: era o mesmo que o meu pai usara durante décadas, todos os dias da semana, com a comida que a minha mãe o obrigava a levar para o Serviço de Desenvolvimento Agrário, assegurando-se de que ao menos almoçava em condições.

Pousei as malas, voltei atrás e, como se não pudesse mais adiá-lo, abracei o meu irmão pelas costas. E ele, sem mais o que fazer, pousou as mãos sobre os meus braços – e apertou--as delicada, mas demoradamente.

Então, sim, dirigi-me ao aeroporto. No saco, levava a caixinha de Carminda, com os baralhos de cartas e as fichas da pinoca. Nem por um instante eu e o meu pai falamos de futebol. As nuvens, muito baixas, formavam por cima de nós uma barriga redonda e urgente, como que preparadas para lançar sobre a ilha o seu habitual caldo de dilúvio, neurastenia e literatura.

Sexta Parte

— Ouve lá, pá! — indignou-se Alberto, chamando-me à parte ainda não tínhamos sequer subido ao apartamento. — Disse-me o Bonnaire que pediste uma licença sem vencimento… Um ano inteiro de licença sem vencimento? Mas tu estás maluco, ou quê?!

E logo eu desconversando, com um sorriso:

— Tenho a certeza de que há aí uma pergunta qualquer, mas não estou a perceber qual é.

— Não comeces com as tuas merdas, Miguel! — voltou. — Estás a brincar com isto? Mas tu pensas que os gajos te vão deixar voltar daqui a um ano? No meio desta gaita desta crise? Achas que vão estar de perninha aberta à tua espera, é?! Desejosos de livrarem-se de nós todos estão eles, pá…

Parei. Estávamos no átrio do prédio de Glória, o mesmo onde um dia eu tinha vivido com ela. À nossa volta cirandavam pessoas com ar solene: tios e primos e amigos de Glória, alguns meus conhecidos e outros já de intimidade posterior à nossa separação, que se punham primeiro atrás de nós, aguardando a sua vez de entrar no elevador, e depois acabavam por pedir licença para entrarem primeiro, inquietos com a nossa reiterada hesitação.

Pairava o calor precoce da primavera lisboeta. Talvez nos fizesse falta mais à frente, no tempo dele.

— Não te preocupes comigo. Daqui a um ano se verá — respondi.

Na verdade, estava genuinamente preocupado comigo, o Alberto. De maneira que, chegados lá acima, reforcei, acrescentando o nome dele, em sinal de gratidão:

— Não te preocupes comigo, Alberto.

E depois ainda, como ele não dissesse mais nada:

— Suponho que perceberás se eu te disser que tornar-me um profissional de seguros foi uma alegria durante algum tempo e uma fatalidade durante todo o restante...

Ele olhou para mim e respirou fundo. Depois abanou a cabeça, vencido:

— Bom, seja como for, não íamos continuar a trabalhar juntos. Não na mesma ilha, pelo menos. Imagina que, de repente, acharam que deviam deixar-me passar para a Análise.

E eu:

— Já sei. Soube ontem, pelo Bonnaire também. Estou muito contente por ti.

E bati com o fundo da minha garrafa de cerveja no fundo da garrafa de cerveja dele, os dois já submersos na algazarra instalada no interior do apartamento de Glória, os velhos atirando-se aos rissóis como se os esperasse uma série de horas até poderem aconchegar o estômago outra vez, as mulheres correndo entre o quarto da noiva e o banheiro, num entra-e-sai desenfreado e eufórico, a noiva ele própria aos gritos lá de dentro, sem que chegássemos sequer a vê-la – e nós ali os dois, com as gravatas impecavelmente ajustadas, começando a beber ainda não eram onze da manhã e cruzando os dedos para que isso nos ajudasse a atravessar a via sacra que sempre se revelava qualquer festa de casamento da classe média-baixa lisboeta.

Estava contente por Alberto. Estava mesmo. Era um bom profissional e dera o litro durante anos, à procura de superar as suas limitações – mau seria se uma empresa, fosse ela qual fosse, não acabasse por reconhecer o esforço de um funcionário assim, sobretudo numa economia como aquela em que agora vivíamos. Por outro lado, preocupava-me Pedro. A cada estação que passava, a sua fragilidade era mais evidente – e perder-nos aos dois assim, de uma vez só, por muito que Alberto estivesse ao fundo do corredor e eu a um telefonema de distância apenas, parecia-me mais do que aquilo a que o devíamos submeter. Para além do mais, era Alberto quem estava mais próximo – e eu, quisesse-o ou não, tinha responsabilidades maiores do que as dele.

Encontrámo-lo à porta da igreja, já depois da penosa recepção da manhã. Esperava-nos com um ar divertido.

— Um problema com o esquentador — lamentou-se, em tom travesso. — Um azar dos diabos. Sempre que temos um casamento, dá-se um problema qualquer com o esquentador e não conseguimos ir à casa da noiva antes da cerimônia...

Eu sorri. Ao lado dele, Rita fez um esgar de reprovação, mas excessivo, quase cúmplice.

Alberto ergueu o lábio superior, muito enojado.

— Sim, sim, Vieira. Um problema no esquentador — grunhiu, entre dentes.

E depois, esticando o mesmo lábio na direção da mulher, num protesto apesar de tudo não ausente de ternura:

— Achas que esta me deixava ter um problema no esquentador? Era o tinhas. Se é dia de casamento, então há que alancar com a coisa toda de manhã à noite, o rissol e a missa e as fotografias e o copo-de-água e a gaita da mesa de queijos e o bailarico e sei lá mais o quê... E no dia a seguir é domingo e um gajo está exausto, e no outro dia já é segunda-feira outra vez... Merda para os casamentos, mas é.

O meu problema era parecidíssimo, com a ressalva de que era completamente diferente. Também eu tinha de aturar a festa do princípio ao fim, mas porque na minha presença afável e equilibrada em cada uma das suas etapas residia, de algum modo, a chave para um encerramento pacífico do que quer que um dia nos houvesse unido, a mim e a Glória. Ela própria, aliás, insinuara, dias antes, quando eu lhe ligara a dizer que, afinal, marcaria presença:

— Ótimo. Outra coisa não esperava de ti — respondeu-me, num tom de regozijo que, apesar disso, parecia ser de desafio também. — Mas olha que é para vires ao casamento mesmo. Não para ires à cerimônia, te pores cá fora um bocado com os óculos escuros, a meter estilo, e depois te desenfiares.

Fiquei ali a pensar que alguma coisa, naquele cerimonial todo, naquela obsessão de cumprir cada um dos rituais de uma festa de casamento clássica, também era para mim. E depois, não contente com isso, ainda me permiti pensar: "A ex-mulher de um grande homem não se torna a casar. E, se torna, vai assim, com um nó no estômago." Ter várias mulheres ao longo da vida podia de fato mexer com o discernimento de um tipo – e, se alguma coisa eu podia argumentar em minha defesa, era a circunstância de não só ter tido diferentes mulheres, mas ainda por cima ter sido amado por elas.

Para o almoço, Glória tivera o cuidado de sentar-nos aos três juntos, incluindo as mulheres deles – e, para fechar a mesa com os oito comensais regulamentares, adicionara-nos um casal amigo dos pais dela, muito sombrio e triste, e emparelhara-me a mim com o pobre do Bonnaire, o outro solitário da festa, para a qual, aliás, ainda hoje não sei porque foi convidado. Pedro e Alberto começaram a acotovelar-se ainda mal tínhamos consultado a lista com a distribuição dos lugares, como se fossem dois miúdos do jardim-escola – e depois continuaram com os sorrisinhos durante toda a sessão de fotografias, o longuíssimo almoço e o próprio concerto do trio musical que a organização nos reservara para o final da tarde. A dado momento, e ao verificar que de maneira nenhuma conseguiria conter os salamaleques de que o pobre homem continuava a rodear-me, na solicitude extrema da sua solidão travestida de desejo, decidi juntar-me a eles e rir-me também, o que nos fez regressar aos melhores tempos das almoçaradas e dos debates sobre o Sporting.

— O mais engraçado — disse eu, quando já nos havíamos reunido a um canto, fingindo assistir ao concerto apenas para podermos ficar a olhar de longe para aquele circo — é que o pobre diabo não é *gay*. Pensa que é, mas não é. Quer ser, mas não consegue. Olhem para ele agora mesmo, a galar o rabo à esticadinha do vestido grená…

Olharam os dois por alguns instantes, matutando naquilo.

— Ó diabo. Tu não queres ver que tens mesmo razão?! — irrompeu Alberto, muito teatral.

E rimo-nos de novo os três – rimo-nos muito, como já nos havíamos rido com o fato de as mulheres estarem todas aperaltadas da mesma maneira, com um vestido tomara-que-caia e uma *écharpe* translúcida sobre os ombros (só as cores mudavam), e mais tarde ainda nos riríamos com os esforços dos homens (quase todos ataviados da mesma maneira também, com uma camisa preta, uma gravata amarela e uns óculos escuros na cabeça) para satisfazerem a exigência de uma dança por parte delas. De alguma maneira, estávamos felizes – e a circunstância de nos encontrarmos ali, numa festa de casamento de uma família pobre, parecia-me não ser alheia a essa felicidade. O fato é que as emoções dos pobres eram mais francas, mais gratuitas e inapeláveis – e que, de cada vez que eu o recapitulava, lembrava-me da minha própria família.

— Mas, então, não te chegaste a fazer sócio daquele clube nojento cujo nome nem sequer consigo pronunciar? — provocou-me Alberto, como se me lesse os pensamentos. — Afinal, já és lagarto outra vez?

Torci-lhe os olhos:

— Vai-te foder.

E rimo-nos todos ainda uma última vez.

Depois Alberto, que nos levava já uns três uísques de avanço a cada, foi ao banheiro – e eu aproveitei para conversar um pouco a sós com Pedro.

— Como vão as coisas, miúdo?

Estávamos em pé junto à mesa dos queijos, a debicar sem grande atenção pedacinhos de pão tostado – e, ao fundo, os convidados mergulhavam no mais absoluto delírio, após a banda ter feito soar os primeiros acordes de uma interpretação assaz tosca de *Hello*, de Lionel Richie, assim anunciando, para infinito regalo da sala, o início de uma sequência dedicada aos famigerados anos oitenta.

— Espera — corrigi. — Vamos antes conversar lá para fora.

E ele, sem uma oscilação no sorriso de bonomia que trazia desde que nos encontráramos à porta da igreja:

— Estamos bem aqui, Miguel. Não te inquietes. Na verdade, está tudo no seu devido lugar.

E eu, estacando:

— Como assim? Mas está tudo bem, de repente?

E ele:

— Está tudo bem. Está tudo bem entre nós e está tudo bem entre mim e a Rita. Está tudo bem desde o princípio. A única coisa que aconteceu de repente foi eu, enfim, percebê-lo.

E, perante o meu olhar incrédulo, contou-me como, umas semanas antes, e de forma inadvertida, havia deitado para o lixo todas as suas fotografias mais antigas, incluindo as que guardava dos tempos em que fora casado com Carla. Quando se dera conta do erro, já era tarde de mais. Primeiro paralisara, pasmado com a sua própria estupidez – e depois chorara durante uma série de dias a perda daquelas fotografias, como se perdê-las fosse também, e em definitivo, perder as pessoas que nelas figuravam. E, no entanto, uma manhã viera em que acordara como que rejuvenescido, cheio de saúde, com uma força e uma paz e até talvez um amor como nunca tinha experimentado. Havia – dizia-me – feito o seu luto.

— Para dizer a verdade, não foi uma manhã, foram duas manhãs consecutivas — explicou. — Na primeira, senti que perder aquelas fotos e aquelas pessoas não me matava, o que não deixava de ter os seus constrangimentos. E, na segunda, olhei para a Rita, ali ao meu lado, e perguntei-me por que diabo andava a tornar a nossa vida num inferno, a minha própria e a dela, se afinal tudo o que importava no mundo estava ali, naquela casa, naquele quarto, entre aqueles lençóis.

Fez uma pausa, eu ainda ali na frente dele, extático, embora talvez mais incrédulo com a minha própria desatenção do que com a embrulhada em que haviam andado metidas as emoções do meu amigo.

— A culpa é uma coisa extraordinária. No limite, até somos capazes de confundi-la com amor — acrescentou Pedro.

E depois, como se apesar de tudo aquilo não fosse um pedido de desculpas, mas um gesto de gratidão:

— Desculpa ter-te batido. Foi uma fase muito difícil para mim.

Ergui um dedo na direção dele, na intenção de objetar, embora ainda sem saber muito bem ao quê. Entretanto, porém, chegou Alberto – e em poucos segundos já vogávamos os três por outra conversa qualquer, o que talvez até fosse melhor.

— Mais um? — perguntei, com o copo de uísque vazio erguido no ar.

Pedro fez um gesto de arrepio, em sinal de que já bebera a sua conta, e dispersou.

— Não é "uisquéi", mas não é mau… — insisti, na direção de Alberto.

— Eh, pá, por mim também chega — respondeu ele, a música definitivamente melosa, dois casais dançando perdidos pela pista, mais ridículos do que bêbados.

Levantei o rosto para ele e fixei os olhos nos seus, em sinal de aprovação.

Ao fundo, Pedro e Rita conversavam agora animadamente, sorrindo, ele semi-sentado sobre uma das mesas vazias ao canto e ela em pé, com a mão pousada sobre a perna dele. Tinham anos de conversas em atraso, o que não deixava de constituir um privilégio – e Rita ganhara o direito a usufruir delas até à última e mais circunstancial cavaqueira. Olhava-se para os dois, e a conclusão era inevitável: podia de fato vir a funcionar.

— Vamos embora, Melro Preto? — irrompeu pouco depois Alberto. E como Margarida resistisse a voltar para casa a tanto tempo ainda do fim da festa, assim amputada num tão raro instante da mais pura diversão:

— Vá, jeitosa. Traz daí esse beijo que me deves e vamos para o nosso ninho, onde tu és rainha e eu o teu humilde pajem.

Tinha isto de misturar metáforas de diferentes natureza numa mesma frase, Alberto – e de imediato ela desatou a rir, puxando da bolsa e despedindo-se obedientemente em volta, pesarosa com a partida mas ainda assim com um ar de felicidade verdadeira.

Em poucos minutos, despedimo-nos todos: nós os cinco, Bonnaire e até o casal tristonho que partilhara a mesa conosco, e de cuja existência apenas agora voltávamos a dar-nos conta.

— Vemos um joguinho um dia destes? — perguntei eu, na direção de Pedro e Alberto.

— Vamos a isso. Quem sabe não apanhamos uma daquelas maravilhosas derrotas de que tanto gostamos — riu-se este, vestindo o casaco à mulher.

E depois, voltando atrás por um instante, num sussurro que era ao mesmo tempo uma repreensão:

— Não voltes a convencer-te de que és incapaz de amar. Pões-te feio, pá.

E, beliscando-me uma orelha, como se disfarçasse um resto de embaraço, tornou a rir a sua gargalhada honesta, tonitruante.

Fiquei ali a vê-lo partir, muito ereto, distribuindo pequenas vénias de despedida, à esquerda e à direita. Margarida agarrava-se-lhe ao braço – e na sua face, mesmo de soslaio, podia-se ler tanto orgulho e tanta gratidão e tanta ternura quanta alguma vez uma mulher dispensara a um homem.

Olhei para o salão. Glória dançava agora com o novo marido, os dois sozinhos na pista – e estavam elegantes, ela com o seu sóbrio vestido pérola, quase sofisticada, e ele com um ar antigo, de resto adequado àquilo que era: um médico a caminho dos sessenta anos, mal de finanças, em excelente forma física e acabado de chegar a um clã plebeu que em poucos dias se encarregaria de rejuvenescê-lo até ao ponto da boçalidade. Estou convencido de que, se não fosse lá cumprimentá-los, nem se teriam apercebido da minha partida.

"E pensavas tu que tudo isto era para ti", murmurei – e ri-me alto, tão alto que o casal sombrio se virou em uníssono para mim, na expectativa de uma despedida.

À saída, e por simples desfastio, perguntei ao gentil Bonnaire, o único que se deixara ficar para trás:

— Vai um copo para acabar a festa? Conheço um bar porreiro aqui ao pé...

Ele arregalou os olhos, surpreendido. Depois balbuciou:

— Se calhar é melhor não. Acho que já bebi a minha conta por hoje.

Desatei a rir, mas desta vez consegui que ninguém o percebesse.

A executiva dos sapatos de vidro bateu-me à porta eram sete horas e vinte e dois minutos da quinta-feira seguinte, o mais belo dia com que aquela primavera nos havia presenteado até então. Vinha afogueada, brilhando um suor ligeiro e apetecível, e desculpou-se duas vezes pelo atraso.

Forniquei-a como ela me pediu, deixando que subisse e descesse sobre o meu ventre, com a planta dos pés assente na cama, e depois voltei a fornicá-la à minha maneira, toda nua, sobre uma cadeira da sala. Fi-la vir-se duas vezes e depois vim-me eu próprio: um vigoroso jorro de virilidade que ela acondicionou competentemente com a sua mão rechonchuda e morena.

Ficamos um bom bocado deitados sobre a cama, em silêncio, até que ela focou de súbito os olhos e se levantou com energia, começando a vestir-se de baixo para cima, devagar mas sem hesitações.

De repente, parou e olhou-me:

— Hás-de ter curiosidade sobre como cheguei até ti. Como obtive o teu número, porque te visitei, como sabia onde moravas.

Levantei o rosto para ela, levei o cigarro à boca e puxei uma longa fumaça. Lembrei-me de Cláudia, depois de Alberto – e depois ainda, por razão nenhuma, de José Corvelo, do outro lado do mar, trinta anos mais novo, sachando um cerrado impecavelmente cultivado e ensinando-me um monte de ditados populares.

— Não me faz a mínima diferença — limitei-me a responder, expelindo enfim o fumo.

Ela pareceu surpreendida, mas logo tornou a virar-se para o espelho, continuando a vestir-se. Ao pôr o sutiã, veio até ao pé de mim e voltou-me as costas, para que eu o apertasse.

— Foi uma boa ideia teres comprado tu mesmo os preservativos — disse, com um sorriso. — E fizeste bem em decorar um pouco a casa — acrescentou, mirando em volta e detendo-se primeiro nos pequenos candelabros vermelhos e depois nos abajures acobreados que eu comprara nessa mesma tarde, e que agora constituíam os únicos pontos de luz acesos em todo o apartamento.

Assenti – e continuei a fumar.

Ela hesitou. Depois, ergueu as sobrancelhas.

— Estava a pensar... Queres fazer alguma coisa, um dia destes? — perguntou. — Não sei... Jantar, ou assim?

Mas eu não lhe respondi.

Até que ela se debruçou sobre mim, para despedir-se, e lhe pedi:

— Deixa o dinheiro no lugar do costume, se não te importas. E diz à tua amiga que me telefone. Como é que disseste que se chamava? Vanda?

Impresso em São Paulo, SP, em dezembro de 2016,
com miolo em off-set 75 g/m² nas oficinas da Forma Certa.
Composto em Minion Pro, corpo 12pt.

Não encontrando esta obra nas livrarias,
solicite-a diretamente à editora.

Escrituras Editora e Distribuidora de Livros Ltda.
Rua Maestro Callia, 123 – Vila Mariana – 04012-100 – São Paulo, SP
Tel.: 5904-4499 / Fax: (11) 5904-4495
escrituras@escrituras.com.br
vendas@escrituras.com.br
www.escrituras.com.br